James Leslie Mitchell

SZENEN AUS SCHOTTLAND

Aus dem Englischen
und mit einem Nachwort
von Esther Kinsky

GUGGOLZ

GREENDEN

Gelacht haben die Leute, wie sie gehört haben von den Menschern, die sich da auf dem Hof von Greenden niederlassen wollten, westlich vom Tulloch am Bervie Water. Fünfundvierzig Morgen Land dort, im waldigen Tobel gelegen, in der Sohle stand das Wasser, was nicht verwundert, so tief wie es dort durch den Wald hinabging. Mittendrin stand das Gehöft, es war alt und ganz dunkel: Von der Küchentür sah man ringsum und hangaufwärts beinah nichts als Urwald, ganz von der Welt geschieden, so dicht wuchsen drum herum und zwischen den Bäumen der Brambusch und der Ginster. Aber wenn es Abend wurde, dann wars manchmal so, dass man über die Bäume hinweg und über das wild verwucherte Ödland des Moors das letzte Sonnenlicht sah, wie es seine Funken auf den Grampian Hills entzündete und dann zu Bett ging. Und dieses Licht im trüben Duster, das war wohl fast alles, was einer an der Küchentür auf Greenden von der Welt zu sehen bekam.

Ja, der alte Grant hatte dort Land bestellt, bis er starb, eine zähe alte Sippe – ganz schön stark in den Händen, wiewohl schwach im Kopf, so hieß es beim Murdoch vom Gutshaus. Denn einer konnte kaum was verstehn von dem, was er sagte, er flüsterte und flüsterte nur, und hat sogar geflüstert wenn er sein Pferd angeknurzt hat dort im Windschutz des Waldes, der auf Greenden schaut. Kaum

7

war er tot, da ist die alte Frau nach Drumlithie gezogen, hat sich einen kleinen Kotten gemietet und von seinem Silber gelebt, und manchen Abend sagte sie zu einer Freundin: Ach, wie gut ist mir, dass ich hier bin und bei meinen Kindsleuten. Zuerst dachte jeder, ihr Mann wird ihr fehlen, der Pastor kam, der Kerl von der Free Kirk, ganz schön fromm hat er geschnieft und durch die Nase gesprochen: »Sie werden ihn droben im Himmel wiedersehen, Mrs Grant.« Da ist sie aber zusammengezuckt, ja und sie hat fast die Teekanne fallen lassen und gesagt: »Na, aber so was, wirklich? Fürwahr doch, darauf hab ich nicht gerechnet.«

Ja, so waren sie also weg von Greenden, die Grants, und da lag der marodige Ort leer den Winter hindurch, keiner hat dem Verwalter auch nur ein Angebot gemacht; man konnte wohl auf bessere Ideen verfallen, als sich beim Düngen des öden roten Lehms im Tobel die Seele aus dem Leib zu schuften. Dann aber hieß es auf einmal, es habe sich schließlich doch noch ein Pächter gefunden, es war kein Bauer, den der Verwalter zur Miete nahm, sondern ein Stadtmensch, der hatte sein Lebtag nicht Pflug noch Hacke in der Hand gehabt, und Murdoch im Gutshaus wusste was von ihm zu erzählen. Denn der hatte das Mensch und seine Frau im ganzen Bezirk herumkutschiert, und wie sie an den Feldern von Pittendreich vorbeikamen, da hatten sie eine alte Walze vom alten Pittendreich gesehen, draußen im Acker hat sie gelegen. Und das Frauenzimmer hatte das Ding angeschielt: »Wie schade drum, da wird es ganz rostig!« Und dann hatte sie Murdoch angesehen wie ein dösiges Kind.

Die Leute hörten sich das an, und hier und da lachten sie wohl auch, manche sagten, es sei zwar lustig, doch sicher gelogen, denn jeder wusste doch, dass dieser grobe Murdoch lügen konnte wie ein Kesselflicker, wenn er in Laune dazu war. Ob es nun stimmte oder nicht, denken tat man doch an diese Menscher, Simpson hießen sie, die Greenden gepachtet hatten und Ende Februar einziehen sollten. Ha, dort würden sie anderes vorfinden als ihre Straßen in Glasgow, dieses Stadtvolk, das wusste ja gar nicht, was Arbeit war.

So kamen sie also nach Greenden, diese Simpsons, ihr Zeug und die Möbel kamen über Bervie, und dorthin fuhr der Simpson, um zwei Karren zu mieten, dass er die Sachen hinunterschaffen konnte. Webster der Krämer hatte an dem Tag keine Runde zu fahren und kutschierte den einen Karren, den anderen fuhr George Simpson, es war schon ganz spät, wie sie in den Tobel kamen, bergab durch den dickichten Wald, Lärchen standen dort, die Stämme so eng an eng, dass hier schon finstere Nacht lag, obwohl auf der Landstraße an der Küste lang noch helllichter Tag war. Doch dann sahen sie, wie unten im Tobel endlich eine Laterne im Duster angezündet wurde, sie glomm auf und leuchtete bei der Küchentür. Und wie die Karren in die Einfahrt gerumpelt kamen, da stand die Frau vom Simpson wartend bereit, mit der Laterne in der Hand.

Webster hat einen Blick auf das Mensch geworfen und schon gemeint, sie möchte wohl eher Simpsons Tochter sein, nach einem Weibsbild sah sie nicht aus, so mager und schmal, hübsch auf ihre Art, und ihre Augen blickten sanft. Sie lachte Simpson entgegen, der hinterdrein kam, dann lächelte sie dem Krämer zu und rief in so einer englischen Stimme: »Ihr habt lange gebraucht. Ich hab schon gedacht, ich müsste die Nacht hier verbringen – ich ganz allein in Greenden.«

»Na, Frau Simpson, da wär Euch kein Leid geschehn«, hat Alec Webster gesagt. Und sie hat genickt. »Das weiß ich wohl … und gewiss, hier lässt es sich schön leben auf dem Land.« Und sie hat ihn angelächelt wie ein Mädchen, das dumm im Kopf ist. Er hat sie sich besehen, bedachtsam, langsam und still, der Alec, er konnte sich noch keinen Reim auf sie machen, auf ihr Lachen und dieses Beben, das sich in ihrem Lachen verbarg.

Dann hat er abgeladen und ihnen mit ihrem Zeug geholfen, so viel sperriger Kram, den sie von Glasgow mitgebracht hatten. George Simpson, der hat ganz schön gestöhnt und geächzt, obwohl er so ein langer Kerl ist, und sein dösiges Gesicht hat er verzerrt, als hätte ihm einer mit Wucht in den Hintern getreten. Aber mit seinen Lungen wars schlimm, das hat er dem Krämer erzählt, wegen den Lungen war er raus aufs Land gekommen, hat er gesagt. Und wie Murdoch im Gutshaus das gehört hat, da hat er gesagt: »Meiner Treu, dem Kerl wird hier wohl eher die Anatomie abhanden kommen, als dass er auf den Feldern da im Tobel was zulegt.«

Nun hatten sie sich also dort niedergelassen, Simpson und dieses Fitzel von einer Frau: Sie sah so leicht aus, als könnte der Wind sie abends von der Küchentür wegblasen, wenn sie aufmachte und zum Krämer hinaustrat, der ihr freitags mit dem Wagen ihre Bestellungen brachte. Alec Webster war gut von Gemüt, und er rief: »Herrje, Frau Simpson, Sie sind jetzt nicht mehr zu Haus in Glasgow, hier brauchts einen Rock mehr als dort!« Aber sie lachte nur: »Mir ist ganz wohl so – hören Sie doch nur, die Bäume!« Und der Krämer horchte und er hörte sie wohl ächzen, er drehte den Kopf und starrte in den Wald, der stand so wie immer da, hat er gedacht, wozu soll einer da stehenbleiben und horchen? Das hat er sie, die Ellen Simpson auch gefragt und betrachtet, wie sie so bleich und still gestarrt hat. Und dann ist sie zusammengezuckt und hat ihm wieder so wunderlich zugelächelt. »Ach, nichts. Entschuldigung. Aber ich muss immerzu lauschen.«

Nun ja, sie mag gewusst haben, was sie gemeint hat, er sicher nicht. Er hat ihr verkauft, was sie bestellt hat – ordentlich viel hat sie bestellt – und fuhr wieder hinauf im Februardunkel, und im Vorüberfahren hörte er ein Husten und Hecheln bei der Scheune, und er dachte sich was wegen dem Simpson und seinen Lungen. Der würd hier nicht lange den Ofen heizen.

Die Frau vom Murdoch, die ging schon mal runter nach Greenden zum Tee. Aber sie konnte die Frau vom George Simpson nicht ab, dieses Mensch, das ging ihr doch einmal auf die Nerven mit ihrem Huschen und Trippeln hin und her, und mit ihrem Lachen und diesen riesigen Augen in dem kleinen Puppengesicht von ihr. Der Simpson, der tat ihr leid, sagte die Frau vom Murdoch, mit diesen Lungen von ihm und dieser Frau dazu, wenig Trost am Tag und noch weniger im Bett, wenn man sie fragte, sie würde lieber mit einem Federchen schlafen als sich in einer bitterkalten Nacht auf *so was* zu verlassen.

Und dann machte Gerede schnell die Runde, dumm wie Gerede nur sein kann, warum sie von Glasgow weg und nach Greenden gekommen sind. George Simpson selbst hat es erzählt, als er einmal am Abend bei den Murdochs saß, da spazierte er gern hin, immer mal wieder, und machte der Tochter schöne Augen, der Jeannie. Von Glasgow weg waren sie deshalb gezogen, weil seine Lungen so krank waren, jeder sah, er würde es nicht mehr lang machen mit seiner Schreibstubenarbeit, er würde bald nur noch gut für den Schinder sein, jawohl. Er müsste raus aus der Stadt, das hatten die Ärzte gesagt, doch stand ihm selbst nicht der Sinn danach, und seiner Frau noch weniger, sie war ein Stadtkind, das Landleben machte ihr Angst, der Ellen, das hatte er wenigstens gedacht. Am nächsten Sonntag nämlich sind sie in die Kirche gegangen, und ein Kirchenlied wurde gesungen, das brachte das Blatt zum Wenden im Kopf von der Ellen Simpson. Und dieses Kirchenlied das fängt an mit den Worten:

> *Ein grüner Hügel steht dort fern*
> *Weit vor der Mauer einer Stadt*
> *Wo man ans Kreuz schlug unsern Herrn*
> *Der uns im Tod erlöset hat*

Auf dem Heimweg nach dem Kirchgang hat die Ellen Simpson das Lied immer wieder gesummt und bekam es nicht aus dem Sinn, und auf einmal hat sie gesagt, sie müssen jetzt weg von der Stadt, sie müssen jetzt einen Hof finden, wo George draußen im Freien arbeiten kann und wo seine kranken Lungen wieder heil werden.

Also, er hatte zuerst von alldem kein Wort hören wollen, das hat er den Murdochs an dem Abend in ihrem Haus erzählt, er meinte, die Arbeit auf einem Hof würde ihn umbringen. Doch Ellen hatte sich den Plan fest in den Kopf gesetzt, deshalb machte er sich auf die Suche nach einem Ort, ihr zu Gefallen. Er hatte nicht so viel Bares, um Ställe mit Vieh zu füllen, und im Süden war Land überteuert, doch hier oben in den Mearns, hier hat er Greenden gefunden, und sein Geldbeutel hat gereicht für die Pacht. Da hat er seine Frau hergeholt, damit sie es sich anschaut, und sie hatte dagestanden und in dieses Talloch hinunter gestarrt und dabei fast ausgesehen, als schrecke sie angstvoll zurück. Doch dann hatte sie gesagt, ja, sicher, das müssten sie nehmen, und so hatten sies genommen, und jetzt waren sie hier, und ihr gefiel es wohl gut.

Ihr mochte es wohl gefallen, fürwahr, dem blöden Geschöpf, sagten die Leute. Sie hatte ja nichts zu schaffen mit dem Regen in diesem Jahr oder dem blöden Pflügen des schlechten roten Lehmbodens von Greenden. Ja, der Simpson, der war ein braver Kerl, ein bisschen trübselig vielleicht, aber herrje, der war ja auch ein Tölpel, dass er sich von einer feinen Anstellung in der Stadt hatte wegholen lassen zum Placken und Schuften auf einem Hof, bloß um seiner Frau, dem dummen Ding, zu willfahren, und den hochtrabenden Bildern, die sie sich wegen einem Kirchenlied ausmalte. Leute mit einem Funken Verstand, die wussten doch, dass man solche Lieder eben bloß sang, süß und fein, und dann dachte man nicht mehr an die vermaledeiten Dinger.

Nass wars in diesem Frühjahr: Der März kam mit Regenfluten, die den Howe der Länge und Breite nach furchten; wer im Bett auf der Wandseite lag, hörte jede Nacht das Wasser schurscheln, die Seemöwen kamen von Bervie herauf und krakten ohne Unterlass über den Äckern. Drunten in Greenden war es mit am schlimmsten. Und der Simpson mit seinem Husten, der arme Bursche, der hätte wohl im Bett bleiben sollen, warm eingewickelt in seine Decke, aber für dieses Frauensmensch, für die kam das gar nicht in Frage, sie lachte ihn aus und triezte ihn bis zur Weißglut: »Na komm schon, George, der Tag ist halb vorbei! Das Wetter geht doch, zum Pflügen ist es grade gut.«

Raus musste er dann, und den Pflug angespannt, und langsam ging er Schritt um Schrittchen, auf und ab auf dem Feuchtwiesenland unten im Tobel. Sein Pflügen, das war wohl eine Augenweide für einen Halbblinden, sonntags kamen die Knechte aus den Gesindebuden vorbei, sie schlaksten den Tobel hinab und stellten sich hin und lachten über die Furchen, die krumm und quer verliefen: »Dammich, die haben wirklich kein Grips im Kopf, die in der Stadt!« Dann hörten sie die Frau Simpson nach ihren Hühnern rufen und sahen, wie sie so püppchenklein über den Hof rannte, um etwas zu holen, zu bringen, Simpson, der arme Kerl, der blieb sonntags im Bett.

So ging das Frühjahr seinen Gang, gutes Pflanzwetter kam, im Mai glühte die Sonne, und den ganzen Howe entlang schüttelten die Leute den Kopf. Bei einem solchen Frühjahr konnte man sich drauf verlassen, dass es im Sommer graupelte, so gut wie sicher. Aber noch blieb es schön, und Murdoch vom Gutshaus schlakste ab und zu mal hinunter in den Tobel, um zu sehen, wie es denn dem Simpsonburschen erging. Fürwahr, der hatte nicht gerastet und geruht, der hatte seine Felder so weit wie alle anderen auch. Murdoch hatte ihn gut einen Monat lang nicht gesehen und ist beinah erschrocken, wie der Simpson die Walze ablegt und stehenbleibt, um zu reden. Er war größer und dicker geworden, sein Gesicht gut gepolstert, man sah ihm die Stadt kaum noch an. »Je, Mann, du bist ein rechter Bauer!«, hat Murdoch zu ihm gesagt.

Und der Simpson, der hat schwach gelächelt, so wie ein wahrer Dulder, mit seinem dösigen Gesicht wie ein geschundener Ochs, und hat gesagt: »Vielleicht«, und hat sich auf seine Lungen gepocht, als sollte er darauf horchen. Und er hat erzählt, wie ihm abends, wenn er ins Bett geht, der Rücken wehtat, als sollte er zerbrechen, doch Ellen, die lachte nur, die hatte keine Ahnung, was

Krankheit war, und er war nicht der Mann, der es ihr aus Furcht sagen würde. Da sah Murdoch, wie es dort zuging, Simpson, der brave Kerl, der schuftete sich ins Grab mit seinen schlimmen Lungen, nur seinem dummen Weib zu Gefallen. Tun konnte er nichts dagegen, der Murdoch, er hat bloß gesagt: Herrje, soll er doch zu ihnen kommen ins Gutshaus, sie würden sich freuen. Ellen, das Fitzel von einer Frau, das hat er nicht mit erwähnt, von der war verdammt kein Spaß zu erwarten, so wie die lachte und horchte und mit den Augen flackerte, die ging einem ganz schön auf die Nerven.

Von all dem Regen und der Sonne war der Tobel ganz früh in diesem Jahr schon richtig saftiggrün – der Krämer meinte, es wär dichter als er es je gesehen hätte – der Ginster füllte die Zwischenräume zwischen den Lärchen an den Hängen, die hinter dem alten braunen Gehöft im Tobel aufstiegen. Ellen Simpson kam herausgelaufen, sobald sie die Räder seines Wagens hörte, und rief ihm einen guten Tag zu und brachte die Eier hinaus und stand still, während er zählte, langsamer, bedacht wie er war, aber einmal, da hob er den Kopf und sagte: »Herrje, ist das still!«

Und da standen sie beide und lauschten in diese Stille, kein Ton war zu hören, kein Ding war zu sehen, außer diesem grünen Kessel, der sie horchend umgab. Und Ellen Simpson, die lächelte ganz blass und sagte: »Ja, still ist es – und ich hätt gern zwei Laib Brot und auch Tee bitte.«

Webster hat sie sich angeguckt, sie war dünner geworden, nur noch ein Hälmchen, doch immer noch lächelnd, und er mochte sie gern, wohl kein Mensch im ganzen Bezirk tat das außer ihm. Die meisten sagten, sie wäre von ihrem Jähzorn so dünn, wahrhaftig! Immerzu triezte sie den Mann, raus mit ihm und ran an die Arbeit, dabei war er doch praktisch Invalide oder so was.

Reines Glück, dass sie ihn nicht auf dem Gewissen hatte, und man kann ihm keine Schuld geben, dass er sich das zur Gewohnheit gemacht hat, praktisch jeden Abend ging er jetzt den Hang hinauf vom Tobel zum Gutshaus und zu seinen Murdochfreunden. Jeannie Murdoch und er, die scherzten und schäkerten – sollte er ihnen gegönnt sein der Spaß, da waren die Leute sich eins: der arme Kerl, der hatte ein bisschen Lachen mal nötig, er mit seiner Frau und ihrem Geflatter, das konnte einem ordentlich gegen den Strich gehen. Es ging ihm wohl besser, das gab er zu, der Simpson, umso mehr wollte ers lustig haben, wenn er abends am Feuer saß, und nicht immerzu hören wie einer rief: »Ach George, meinst du, es geht mit den Lungen jetzt besser?«

Jeannie Murdoch aber, die sagte: »Nein, aber wirklich. Nu setzen Sie sich her, ich mach Ihnen einen schönen Tee!«

Und George Simpson, der lachte sein lautes dösiges Lachen: »Meiner Treu, Jeannie, du bist ein Mädchen nach meinem Geschmack.«

Und der Murdoch und seine Frau, die hörten zu und guckten mal schief, und Frau Murdoch zog ihr großes Gesicht lang, vielleicht ging Jeannie ein bisschen zu weit mit einem Mann, der verheiratet war – doch sicher redeten sie bloß im Spaß so daher. Wär da nicht dieses Fitzel von einer Frau, diese Ellen, dann könnte man den Simpson sich gut zum Schwiegersohn wünschen, ein bisschen schwer von Begriff und ein bisschen trübe, aber ein feiner, aufrechter Bursche war er doch.

Die Leute fragten sich schon, was sie wohl von diesen Ausflügen hielt, die Ellen Simpson, alleine da unten in

Greenden. Doch sagte sie nie auch nur ein Sterbenswört-chen zu einem, nicht dass sie viel Gelegenheit hatte. Sie lächelte bloß, lief und brachte schnell Tee, nett war sie schon, das Mensch, das musste man sagen, bloß mochte man sie einfach nicht gernhaben, man fühlte sich nicht wohl neben ihr und fragte sich schließlich, was einem wohl fehlte – und dann, wenn man durch die Dunkel-heit heimging, dann fantasierte man sich was Dummes zusammen wie schwangere Frauen, als bewegten sich die Bäume und als flüsterte der Ginster und als wäre ein Tier mit leisem Atem einem auf den Fersen. Und dann sah man hin, und es war bloß ein Brambusch, an dem man da vorbeigegangen war.

Doch wie der Sommer so seinen Gang ging, da sah man sie des Abends an der Küchentür stehen, wenn das Licht schwand und das Dunkel kam: Ab und an kam eine Menschenseele und traf sie dort an, dann fuhr sie vor Schrecken zusammen, wenn der Jemand rief: »Schöner Abend heute, Frau Simpson, oder?« Und dann lachte sie, die Hand am Herz, wie eine Dumme, und drehte den Kopf, als hätte sie einen schon halb vergessen, und sah hoch hinauf und über die Bäume weg, und man guckte auch in die Richtung und sah rein gar nichts. Aber dann schaute man vielleicht wieder hin und genauer und sah, was es war, nämlich nur von der Küchentür in Greenden bot sich dieser Blick auf eine Schneise in dem Streifen aus Bäumen und Ginstergesträuch, und durch dieses Loch, das da der Dämmer noch ausgelassen hatte, warf die Sonne Licht auf die Hänge der Grampians, viele Meilen weit weg jenseits der Mearns, die dort ganz direkt doch fern und blau leuchteten, ihr Grün ganz erdfarben von der Glockenheide. Und das wars, wofür sie da stand und starrte wie eine Dösige, und dann schurfelte man mit den Schuhen und hustete mal, und sie schrak zusammen und fuhr herum, das Gesicht ganz bleich, und sagte: »Ach Entschuldigung, ich hab vergessen, dass Sie hier sind. Sie wollten mit George sprechen, ja?«

Also, das war im Juni, und Ende Juni wurde es so lieblich wie immer im Howe; wenn Leute den Simpson auf der Straße trafen, dann riefen sie ihm im Scherz zu: »Guter Mann, Ihr seid ja ganz von der Welt versteckt da in Greenden!« Und in der Tat, das war die reine Wahrheit, so hoch stand der Ginster in seinem Kleid aus Blüten, und die Bäume wie eine grüne Wand, die das Haus ganz verdeckte. George Simpson machte sich jeden und jeden Abend davon zum Gutshaus, wo sie eine neue Scheune bauten; er tat so, als wär es die Scheune, die er sich besehen wollte, aber dann schlich er weg von der Scheune, sowie es nur ging, und schlüpfte in die Küche, und Jeannie wurde ganz rot: »Kommen Sie nur herein, Mr Simpson. Wie geht es Ihnen? Bestimmt sind Sie müde?«

Jawohl, diese Scheune wars, das sollte Webster beschwören, die der ganzen Bescherung in Greenden ein Ende setzte. Er hat die Geschichte nie so auf nachbarliche Weise erzählt, das tat er niemals, und er war nicht gut gelitten, denn er hatte nicht viel Nachricht für einen, wenn man hinten an seinem Lieferwagen mit ihm redete und mal Anspielungen machte, dass man gern wüsste, warum das Mädel von den Gordons so zugelegt habe, und ob der Wallace so grob zu seiner Frau war wie sie alle sagten und dergleichen kleine Neuigkeiten, wie sie die Leute nun mal interessieren. Er brummte nur so, wenn man redete, und fing an, die Eier zu zählen, und sagte dann, der Teufel solle ihn holen, wenn er es wüsste oder etwas drum gäbe.

Und auch das in Greenden, das hat er nur seiner Frau erzählt, von der meinte Alec wohl, sie sei genauso wie er. Doch meiner Treu! Die konnte tratschen, dass einem die Ohren rauschten, und bald wussten es alle den Howe rauf und runter, jede Einzelheit von dem, was in jener Nacht in Greenden passiert war.

Er war nämlich spät hinuntergefahren wie sonst auch, der Krämer, und da sah er die Ellen Simpson den Weg heraufgerannt kommen, ihr Gesicht ganz weiß in dem Dämmer, und zweimal hat er sie stolpern und fallen gesehen, und sie rappelte sich wieder auf, das Gesicht ganz blutig, wo sie auf einen Stein geschlagen war. Da hat Webster das Pferd angehalten und ist vom Wagen gesprungen und ist zu ihr gerannt und hat gerufen: »Mein Gott, gute Frau, was ist mit Ihnen, was ist passiert?«

Und sie hat da vor sich hin gebrabbelt, als er sie so hielt, er hat gesehen, wie irr ihre Augen gewesen sind, sie hat kurz geschwiegen und sich die Augen bedeckt und geschaudert, wobei es doch ein ganz warmer Abend im Juni war. Dann flüsterte sie plötzlich, und er hat selbst einen Schauder gehabt: »Die haben was mit meinem Berg gemacht, sie haben ihn weggeholt! Ich kann das nicht aushalten, ich kanns nicht, nein!«

»Was?«, hat der Webster da gefragt, ihm hat es glatt die Sprache verschlagen und dabei auch durchfahren: So hatte der alte Grant von Greenden ja auch geflüstert. Aber sie hat den Hügel hinauf gezeigt, über die Lärchen und über den Ginster weg, und er hat gestarrt, der Krämer, und erst hat er gar nichts bemerkt. Aber dann hat er es gesehn, wie sich da durch die Bresche im Wald, durch die man früher den Schimmer vom Abendlicht auf den Bergen erblickte, wie sich da das Dach mit dem Giebel von Murdochs neuer Scheune erhob. Er guckte die Scheune an und er guckte die Frau an, und da brach sie zusammen und heulte wie ein Kind, sie hat sich nicht geschämt vor ihm, bestimmt war sie nicht ganz richtig im Kopf.

»Ach, ich halt es nicht mehr aus an diesem verhassten Ort! Ich ersticke hier, es bringt mich noch um, so allein hier unten, ich hab Angst gehabt, solche Angst seit der ersten Stunde hier. Ich hab versucht, es nicht zu zeigen, und ich weiß, es ist gar nichts, aber die Bäume – die hassen mich, und die Felder, und im Dunkeln … Ich halt es nicht mehr aus, nicht mal um Georges willen, und jetzt haben sie den Blick auf den Berg verstellt, und der war doch meins!«

Und sie heulte noch mehr so dummes Zeug, und der Krämer – der hat sie ja immer gemocht – wollte gut zu ihr sein: »Ssshhh, Frau Simpson, gehn Sie hinein und legen Sie sich hin!«, hat er gesagt, aber sie hat geflüstert: »Lassen Sie mich nicht allein, lassen Sie mich nicht allein, ich habe Angst!« Und dann kam die Dunkelheit über den Ginster herab, und das Pferd hat dagestanden und gemalmt und mit den Hufen gescharrt, und ein Käuzchen hat in der Lärche gerufen, während Webster bei ihr in der Küche gesessen ist, um sie zu beruhigen. Und einmal hat sie geflüstert: »George, er ist jetzt in Sicherheit, er ist in Sicherheit, Gott ist gestorben, aber ich brauch ihn nicht, Er hat ihn gerettet, nicht ich.« Und dann hob sie wieder an mit dem Flüstern in ihrer Angst: »Die Bäume und der Ginster, so bleibt von den Bäumen weg, es wird so dunkel, ich kann ihn nicht mehr sehen, den Berg …«

Doch zu guter Letzt wurde sie still, er hat ihr gesagt, sie solle sich hinlegen. Sie ging aus der Küche ins Haus hinein, und er ist dagestanden und hat nachgedacht. Und dann kam er drauf, dass ihr Mann wohl am Gutshaus war; er ist hinausgegangen und hat seinen Krämerwagen gewendet, ist eingestiegen und aus dem Tobel hinausgefahren, dem Tier hat er die Peitsche gegeben, damit es im Trab lief.

Und die Leute haben erzählt, wie er dort angekommen war, ist er gleich in die Küche getrampelt: George Simpson ist dagesessen mit Jeannie und ihrem Vater, die Frau war ins Kino nach Bervie. Und Alec Webster hat gerufen: »Lass das Schäkern, bis du Witwer bist, schämst du dich nicht, deine Frau Abend um Abend da unten in diesem Höllenloch von einem Tobel allein zu lassen?« Und George Simpson ist aufgestanden und herausgeplatzt: »Du gemeiner …«, und der Krämer hat gesagt: »Weg mit dir, heb nur die Hand, du großer fetter Ochse, und ich schlag dir den Kiefer im Stehen entzwei.« Der alte Murdoch trat zwischen die beiden und rief: »Was ist den los? Was ist passiert?«

Da hat Webster dem Simpson gesagt, dass seine Frau glatt den Verstand verloren habe, und würde er jetzt heimgehen oder nicht? Und Simpson machte ein finsteres Gesicht und sagte »Ja«, und dann ging er hinaus mit dem Krämer, und der Bursche ließ seinen müden kleinen Gaul wenden und hat ihn mit der Peitsche auf Trab gebracht, und dann raus auf die Straße und schließlich den Weg hinunter in den Tobel. Und dort war es finster wie in einem Rauchfang ohne Feuer, doch wie sie auf das Gehöft zugefahren sind, da haben sie in der Ferne eine Stimme singen gehört – und sie sang so seltsam, dass ihnen die Haare zu Berge gestanden sind:

Ein grüner Hügel steht dort fern
Weit vor der Mauer einer Stadt

Wo man ans Kreuz schlug unsern Herrn
Der uns im Tod erlöset hat

Und dann ist es plötzlich abgebrochen, und Webster hat geflucht und hat seinem Pferd die Peitsche gegeben, und so kamen sie in den Hof, und Webster sprang vom Wagen und rannte ins Haus. Hinter ihm ist Simpson gekommen, aber langsam, er hat Angst gehabt. In der Küche ist es ganz dunkel und still gewesen, wie sie hereingekommen sind. Dann ist der Krämer ausgerutscht, da war etwas Glitschiges, Nasses am Boden, er hat ein Streichholz angestrichen, und wie sie aufblickten, sahen sie, was es war, und ihnen wurde ganz schlecht. Ein Windstoß kam von der Tür, und die Gestalt schaukelte hin und her.

Und Webster hat sich umgedreht und ist hinausgestolpert, als ob er blind wäre, und hat Simpson noch zugerufen: »Nimm sie runter, ich hol schnell den Arzt!«

Aber er hat genau gewusst, dass das nichts mehr helfen würde, und der Gedanke hat ihn begleitet, wie er durch den Wald aus dem Tobel hinausfuhr, zur Straße, die am Meer entlangführt, und zu den grünen Hügeln, die da standen und nur mit ruhigem Gesicht in den Wind schauten, der von dort kam, wo die Stelle war mit dem Sonnenuntergang.

DAS LAND

I WINTER

Mir gefällt die Geschichte von dem hilfsbereiten Engländer, dem man eine moderne Landkarte der Schottischen Nationalisten zeigte: Darauf erstreckte sich »Das gehörige Schottland« von John o'Groats bis an den Tweed, und »Scotia Irredenta« vom Tweed bis an den Mersey, woraufhin der Engländer vorschlug, letztere Bezeichnung durch »Das ungehörige Schottland« zu ersetzen. In dem Anspruch Nordenglands, sich zu Schottland gehörig zu rechnen, mag eine gewisse politische Berechtigung liegen; eine ästhetische Rechtfertigung gibt es sicher nicht. Wenn ich meinen Blick über das Land in Schottland schweifen lasse und sehe, wie es zur Rechten und zur Linken von den qualmenden Schlackehaufen des Industrialismus besudelt ist, wie sich ein Riss an der Ostküste entlang zieht und in Lanarkshire ein speiender Geysir aufschießt, dann regt sich in mir nicht das geringste Bedürfnis, die geschändeten Landstriche von Northumbria und Lancashire dem Lande Schottland hinzuzufügen. Mir gefällt das graue Glinzeln des Graupels im Dunkeln, das ich heute Abend durchs jalousielose Fenster sehe; und mir gefällt diese müßige Aufgabe, mit dem Stift durch die sturmgebeutelten Weiten Schottlands im Winter zu reisen; doch sträubt sich in mir alles dagegen, über die Borders hinauszugehen, in dieses kalte Land fremden Gesteins und betrüblicher Gepflogenheiten beim Pflügen. Diese Öllampe steht hier auf meinem Tisch zum Nutzen von mir und dem Gehörigen Schottland: Ich schrecke heute vor geographischer Ungehörigkeit ebenso zurück wie meine Vorläufer aus dem literarischen Krautgärtlein vor der Beschreibung des Brautbetts.

Und nun, da ich mich meiner Aufgabe zuwenden möchte, während die Scheite so fröhlich knistern und der Wind sich ein wenig gedreht hat und es im Kamin so herrlich brennt, nun überkommen mich Zweifel, ob ich für diese Aufgabe überhaupt geeignet bin. Denn wenn Das Land in der Aufzählung von Zahlen und Statistiken des Weizenertrags im Merse oder Carse of Gowrie, der Obsternte in Coupar-Angus oder der Viehzuchtmethoden in Ayrshire besteht, dann weiß ich gar nichts. Und wenn es das Lispeln touristischer Namen wie Strathmore, Ben Lomond, Ben Macdhui, Rannoch, Loch Tay, Sidlaw Hills ist, welches Das Land ausmacht, dann muss ich bekennen, dass ich höchstens ein paar kurze gelangweilte Blicke auf die eine oder andere Gegend einzigartiger landschaftlicher Schönheit geworfen habe. Ich bekenne, dass ich einmal (in einer Nacht wie dieser) nach Oban gereist bin, und der Zug blieb im Schneesturm stecken; und ich habe bibbernde Stunden in Sichtweite von Ben Cruachan verbracht und einmal hat mich ein Anglo-Gälischer Schriftsteller in seinem Auto um Loch Lomond gefahren, und wir haben guten Whisky getrunken und uns dabei über Lenin unterhalten, und ein Onkel schleifte mich einmal gegen meinen Willen nach Lochnagar hinauf, um Zeuge eines Sonnenaufgangs zu werden, der dann aber doch nicht stattfand, weil die Sonne an diesem Morgen in einem erbsensuppenartigen Nebel steckte – und ich habe mit der entsprechenden Begeisterung für wirtschaftliche

Effizienz den Caledonian Canal besichtigt und (als kleiner Junge auf Schulkonzerten) Gedichte aufgesagt wie: *Don und Dee versiegen nie* (eine Behauptung, die vom Publikum mit gönnerhaftem Applaus bedacht wurde), und ich habe an Loch Levenside Forelle gegessen. Doch widerstreben mir jedwede ragenden Felsenzacken und alle sprühende Gischt von Spey. Auch diese machen meiner Meinung nach nicht Das Land aus.

Das ist Das Land dort draußen, aufgewühlt im prasselnden Eisregen, lange Gewannen, deren Furchen die lehmigen Gesichter den Speerspitzen der Eistropfen bieten. Das ist Das Land, in dieser Nacht ein verschwommenes Bild schiefer Zäune und langer Reihen Ackerfurchen. Und seine Stimme – seine wahre und unvergessliche Stimme – hört man auch an einem solchen Abend, wenn sich die Dunkelheit senkt, das ist die unvordenkliche Klage des Kiebitzes, der in der Luft umherirrt. *Das* ist Das Land – aber nicht ganz. Die Leute im Stall dort, deren Laternen durch den Eisregen leuchten, während sie ausmisten und Streu einbringen und das Vieh versorgen und die Milch in schäumendem Strahl in die Melkeimer melken – sie sind in ebensolchem Maße Das Land. Diese beiden als zweierlei Kraft, sie sind die Protagonisten dieser kleinen Skizze. Sie sind das Wesentliche im Titel. Und außerdem sind sie – eigentlich unfairerweise – so innig mit mir verbunden, dass ich ihnen diese Rolle auch dann zuweisen würde, wenn sie nicht den geringsten Anspruch darauf hätten.

Ich bin froh darüber und mir stets dessen bewusst, dass ich aus einem Bauerngeschlecht stamme und zum Bauern erzogen worden bin. Dank meiner guten Manieren betone ich es nicht unentwegt und prahle nicht damit, wenn ich in Gesellschaft von Leuten bin, die aus Herrenhäusern und Slums, aus Schlössern und Bürgervillen stammen, aus dem Proletariat und aus der kleineren und größeren Bourgeoisie. Doch wenn ich sie so reden höre von ihren Ursprüngen, ihren Ahnen und Eltern, empfinde ich zunehmend einen überheblichen Stolz, weil meine Herkunft eben aus dem Bauerntum ist, und weil das Land so tief und innig zu mir gehört (in der Erntezeit wickelte meine Mutter mich in eine Decke und legte mich in den Schutz einer Kornraufe, während sie bei der Ernte half), dass ich mich in Anwesenheit anderer Erwachsener meines Alters so fühle, als gehörte ich einer fremden und weit zurückliegenden Zeit an – wie ein Erwachsener, der dem Lachen und den Sprüchen von Grünschnäbeln lauscht, den Parvenus auf der Menschenbühne, so lausche ich, ein wackerer Veniconischer Pikte, aus dem Schatten meines Sonnenkreises, um schließlich gelangweilt den Blick abzuwenden und als stolzer Besitzer meine Terrassenfelder mit Getreide und meine sprießenden Äcker zu betrachten, über die Regen und Schnee hinweggehen …

Wie viel davon bloße Reaktion auf die Hassgefühle meiner Jugend ist, weiß ich nicht. Denn früher hegte ich Abscheu für dieses Landleben und seine Leute. Diese Sicht hatte ich mit meinem entfernten Cousin Mr Leslie Mitchell gemein, der in seinem Roman »Der dreizehnte Apostel« Folgendes schrieb:

»Ein sehr sehr ödes Leben. Öde und farblos in seiner Routine. Frühling, Sommer, Herbst, Winter, dieses Leben, das die Menschen der Jungsteinzeit aus dem Süden brachten und das dem Rhythmus des Aziliäns von Hunger und Jagd und unbeschwertem Nichtstun ein Ende machte und an seine Stelle die Abhängigkeit von Jahreszeiten und Ackerboden und Viehzucht setzte. Dessen eingedenk empfinde ich bei der Lektüre dieser katholischen Schriftsteller, die aus irgendwelchen vagen Gründen den Bauern und seinen Stand als den idealen feiern, gehässige Heiterkeit … und ich hege unaussprechliches Misstrauen gegenüber der Erfahrung von Mr Chesterton und seinen Jüngern: Haben sie jemals etlichen Morgen von kargem rotem Lehm ihren Lebensunterhalt abringen müssen oder das Land und seine Bewohner anders als mit der Kurzsichtigkeit eines übergewichtigen Viktorianers betrachtet?«

Nein, ich glaube nicht, dass ich eine Kehrtwendung vollzogen habe und zu den Romantikern zurückgekommen bin. Während ich diesem nassen Graupelprasseln lausche, sehe ich die verkümmernden Heuschober unter dem Eisregen, ich denke an den Wind, der über unbedeckten Boden fegt, an die Ackerknechte in ihren feuchten Gesindebuden bei den Höfen weit draußen, an alte, gebeugte, verrunzelte Menschen auf den Höfen, so viel Freude, Hoffnung und Streben nach Hohem haben sie auf ihren öden Dienst an diesen Gewannen vergeudet, die sich fast wie Lebewesen ins Dunkel der Nacht krümmen. Ich denke und sehe all das immer noch mit großer Klarheit, obwohl ich hier im warmen Zimmer sitze und diesen netten kleinen Aufsatz schreibe und Freude daran habe, Wörter auf einer leeren Seite zu bewegen. Doch wenn ich die Pläne unserer neuen Anführer höre oder lese, die aus Schottland eine große Bauernnation, ein Land kleiner Höfe und kleiner Bauerngemeinden machen wollen, dann überkommt mich eine mit Langeweile vermischte Abscheu vor diesen pseudoliterarischen Romantikern, die vor ihren warmen Wohnzimmern, vor den Lichtern und Polizisten und Theaterlogen der schottischen Städte geflüchtet sind, um Politik zu spielen.

29

Sie versprechen dem Neuen Schottland ein Fegefeuer, das es auf einen Schatten seiner selbst reduzieren würde. Sie versprechen ihm Enge und Bitterkeit und herzzerreißende Fron in einem der für die Landwirtschaft unfreundlichsten Länder der Welt. Sie versprechen, aus einem jungen rachitischen Mann mit der Glasgower Schwindsucht in der Kehle einen verdatterten Landarbeiter zu machen, im peitschenden Regen und den kurz aufflackernden Sonnengluten mit den Kopfschmerzen, die sie bringen, sie versprechen ihm jahrelange mörderische Monotonie, Armut und Existenzkampf und Verlust aller beglückenden menschlichen Beziehungen. Sie versprechen etwas, von dem sie keine Ahnung haben, das ihnen nur vom Nippen am Sud der Krautgartenromanzen bekannt ist.

Dieses Leben nämlich ist nicht für moderne Männer und Frauen, nicht einmal für die besten darunter. Es gehört zu einer anderen, einer andersartigen Generation. Dieser Winter, der den Howe hinauffegt, mit peitschenden Stößen durch die alten Mauern von Edzell Castle dringt, die gepflügten Äcker aufwühlt und über und durch die schweren Viehhöfe braust, wo in der Dunkelheit die großen Herden wiederkäuend unterm frostigen Dunst ihres Atems liegen, dieser Winter ist etwas, das von den meisten nur nach Touristenart angestarrt werden sollte und allenfalls einen Tag oder eine Woche zu ertragen ist. Einen solchen Winterabend mag der Häusler zufrieden im Lehnsessel am Kamin dösend verbringen, während seine Frau ebenso zufrieden die Uhr angähnt. Für dich und mich und den jungen Simon, der sein Mädchen heute Abend ins Kino ausführt, ist es auf Dauer so unerträglich wie das Leben auf der Kamtschatka.

II FRÜHLING

Als ich heute morgen an einem gepflügten Acker ent-
langging, den Kopf voll von dem ungewohnten Geruch
nach Erde, so frisch, salzig und uralt-modrig, da fiel mir
die biblische Zeile von der Stimme der Turteltaube ein,
und ich horchte unwillkürlich nach der schottischen
Entsprechung – diesem Gurren der Ringeltauben in der
Ferne, das in meiner Kinderzeit den Anbruch der Früh-
lingsmorgen zu begrüßen pflegte. Doch die Wälder sind
verschwunden, anstelle des grünen Rings, den sie bilde-
ten, erstrecken sich jetzt Streifen von Sumpf und Morast
und wuchernder Heide, das ganze Land ringsum liegt der
Wucht des Nordwinds preisgegeben. Die Tauben sind
fort, dafür haben sich die Kaninchen und anderes Un-
geziefer vermehrt – unseligerweise und niemandem zum
Nutzen, denn wie die Bauern mir sagen, ist das Fleisch der
Kaninchen tuberkulös und gefährlich. Von keinem Wald
geschützt, wird das Ackerland von Feinden heimgesucht,
die in meiner Jugend ganz unbekannt waren.

Doch es wird immer weniger, das bestellte Land. Die
Hälfte ist jetzt Grasland – auf Dauer Grasland –, auf
dem große Schafherden streifen und das graue Netz von
Spuren spinnen, mit dem Schafe jedes Weideland über-
ziehen. Hier wiederholen wir, was die Leute der Borders
in Badenoch und den Highlands gemacht haben – das
Land wird verzehrt und mit ihm der Häusler, womit der

Bauer genauso vernichtet wird wie in Russland, doch ohne die Entschädigung, die es in Russland gibt. Wenn die kleinen Gräben und schlammigen Rinnen, die den einen Kleinbauernhof vom anderen trennten und sich in vergangenen Zeiten im Frühjahr mit dem Wasser füllten, das dem Forthie zustrebte, wenn diese Gräben und Rinnen also von einer Kolchose zugeschüttet und mit Traktoren, großer Begeisterung und unbändiger Zuversicht in die Landwirtschaft eingeebnet würden, dann könnte ich mich wenigstens Hügeln und Heide – jenem anderen, älteren Land – zuwenden und nur das Bedauern spüren, wie es die Empfindsamen angesichts der Verdrängung der Windjammer durch die Dampfboote verspürt haben mögen. Doch stattdessen hat hier nur die hirnlose Gier Einzug gehalten, die Dummheit der Grabscher, die geizige Habgier und Planlosigkeit, die zum Inbegriff unserer Gemeinden geworden ist. Es nimmt mich nicht wunder, dass die Kaninchen Tuberkulose haben, vielmehr ist es ein Wunder, dass sie nicht auch Galle spucken.

Da dachte ich, was für einen herrlichen und herzerfrischenden Geruch doch der Kuhmist hat, den der Bursche mit der Forke in gleichmäßigen Haufen von seinem Mistwagen wirft. In Paris verkauft man kleine Fläschchen mit genau diesem Geruch zu fürstlichen Preisen, und zwar mit gutem Grund, denn dieser Geruch ist die Unterfütterung der Existenz. Und dann (am Ende der gepflügten Gewanne angelangt, wo ich eine Kaninchenfalle inspiziere, die leer ist, und auch einen Stein finde, auf dem ich mich niederlassen kann) versinke ich wieder in Grübeleien: dieser Kuhmist, der die Existenz unterfüttert, die Ernte dieses Herbstes, Speise für die Städter, guter, herzhafter Gerstenalkohol – würde nie verteilt, nie besät, nie zur

Essenz gestampft, wäre da nicht der Adel der Erde – die Ackerknechte und Bauern. Das sind die wahren Herrscher Schottlands, sie sind die Herrscher der Welt!

Und wie geduldig und heiter und einfallsreich fluchend und stur argwöhnisch und liebenswert sie sind, Schottlands selbstlose Aristos. Sie erdulden ein Leben in tiefer, bitterer Armut, sind ein Stand, den die kleinen Bürger der Städte verachten, ihre Tracht wird auf den Straßen verspottet, die kleinen Kellnerinnen starren hochnäsig auf ihre großen, roten wetterzerfurchten Hände, dickliche Professoren mit Brille und Pickeln halten Vorträge über ihre Sterblichkeit und Sittlichkeit, ihre Fortpflanzungsangewohnheiten und ihre Trägheit – und sie ertragen es alles! Sie ertragen das Geplapper der Salons in der Stadt, die Pläne für diesen oder jenen Krieg, für Blockaden, sie ertragen die arroganten Ansprüche, die jede soziale Schicht darauf erhebt, Quelle und Grundlage der menschlichen Gesellschaft zu sein – sie, die Herren, die die Welt ernähren … Und mir kam der Gedanke, dass an diesem Morgen in ganz Großbritannien, ja in ganz Europa, auf den kargen Feldern Frankreichs und den fetten Weiden Sachsens und dem Hügelland Rumäniens jetzt diese Herrscher der Welt bei der Arbeit sind, mit gekrümmten Rücken im Trott der Fron, die große Grüne Internationale der Welt, die auf das Kommen ihres Spartakus wartet.

Möwen sind von der Küste heraufgekommen und ziehen wie Kometenschweife ihre Schleifen auf den Fersen von diesem oder jenem Pflüger, gepünktelte Zeichen gegen das dunkle Grün der Hänge von Bervie. Hier ist das Land aus rotem Lehm, sauer und hart, doch unten, bei Brechin, da kommt man an das fruchtbare Lössland, das wie ein zerrissener Schleier sein Muster über Schottland breitet, schöner Boden, der sogar hier in unvermittelten Flecken aufbricht und hochstehendes Getreide hervorbringt, während die umgebenden Felder auf dem dürren Lehm dahinwelken. Lehmboden ist gut für Kartoffeln in trockenen Jahren, doch diese trockenen Jahre die gibt es vielleicht einmal im Jahrzehnt aus Gründen, die hier im Howe keiner kennt, denn wir sind jenseits des »Bergschattens«, der Donside und Braemar zum Zeltplatz für Touristen macht.

Im Sonnenschein beginnt nun unten bei Kinneff das Nebelhorn zu heulen, die Sonne zieht große Nebelbänke aus der Nordsee, und jetzt blähen sie sich über Auchendreich wie weicher bunter Schaum aus dem Waschzuber. Doch nach links ist die Sonne ein grelles stählernes Glosen auf dem buckligen Kamm der Grampians, die südwärts streben, der Ankunft des Sommers entgegen, mit Schnee gekrönt auf den höchsten Almen – sicher noch dieselben Berge, wie sie damals, an jenem Frühlingstag in der Jugend der Welt und der Jugend Schottlands die Maglemosen erblickten, nachdem sie das Tiefland der Doggerbank durchquert und die Felsen von Kinneff erklommen hatten und vor einem stillen, unbesiedelten Schottland standen. Der große Bär beobachtete ihre Ankunft, und der Adler in seinem Horst auf den Grampians und verstreute Rudel Wölfe am Rande der Wälder sahen diese Wanderung der Jäger vor siebentausend Jahren. Sie kamen von dort, von Auchendreich her, durch Ginster und Heide, und hielten inne und schauten verwundert auf den sanft gewellten Howe und lachten und stammelten und ließen sich nieder und schauten – ernste Menschen, hochgewachsen, ohne Götter und Könige, Klassen und Kulturen, Schriftsteller und Künstler, frei und glücklich, und die ganze

Welt gehörte ihnen. Schottland erwachte und sah sie an von hundert Gipfeln mit dem verwunderten Blick einer scheuen Jungfrau.

Den ganzen Winter über war das Vieh im Stall gewesen. An diesem Morgen erlebten sie ihre erste Befreiung nach dem Winter – Kühe und Ochsen und Färsen und Kälber trampelten grunzend und schnaubend vom Stall auf die Weide und platschten in baffem Vergnügen durch den Schlamm und starrten in rindischer Überraschung die Welt an und waren außer sich vor Freude und rannten um die ganze Weide und blieben stehen und muhten, sie muhten in einem langgezogenen dämonischen Ton, allesamt, gut zwei Minuten lang und aus keinem anderen Grund als dem Vergnügen am Klang ihres eigenen Muh. Sie sind alle Mischlinge, bis auf eine, eine kleine Jersey-Kuh, die mit südlicher Kühle hochtrabend durch die Nase muht. Der überwiegende Anteil ist Shorthorn mit einem Schuss Highland, nehme ich an: hundert Jahre gemischtes Weiden und Fruchtwechsel haben die weniger bewähr-ten Rassen ausgedünnt und diese prächtigen Mischlinge hervorgebracht. Jetzt aber – nachdem sie alle miteinander über die Länge der ganzen Weide einen Krämerkarren gejagt haben und sich dann um ein Haar im Zaun ver-heddert hätten, haben sie vom Spielen genug und grasen, sie haben sich auf ihre Aufgabe besonnen, fette Leiber fürs Schlachthaus zu liefern –.

Wir schrecken zurück vor solchen Ideen, vor allem im Frühling und besonders, wenn der Abend kommt, ganz erfüllt von diesem frischen Geruch, der alles durchdringt, so ein Abend, der Wachstum und Jungsein und Gütigkeit in seinem Wesen trägt – wir schrecken zurück vom Gedan-ken an unsere seltsamen, gedankenlosen Grausamkeiten, diesen Aushub voll Blut und Leiden und unerträglichem Grauen, auf dem auch die Unschuldigsten unter uns ihr Leben gründen. Ich empfinde an diesem Abend, dass ich nie wieder ein totes Tier essen will (und auch kein lebendes, bekräftige ich meinen Vorsatz gleich mit der üblichen Flapsigkeit). Doch dieser Vorsatz wird morgen schon verworfen sein: Das Grauen ist jenseits von Persönlichem, sehr alt und widrig und schrecklich. Auch die Jäger vor so vielen Jahrhunderten waren Fleischesser.

Es ist ein seltsamer Gedanke: Wenn (wie manche Weisen sagen) Geschehnisse niemals sterben, sondern in alle Ewigkeit ihre Existenz bewahren, dann werden, all diese Zeitenspiralen weit weg, jedoch noch lebendig und bewusst in jener Welt vor siebentausend Jahren, die Jäger sich jetzt zu ihrer ersten Nacht in Schottland betten mit ihren hochgewachsenen sehnigen tiefbrüstigen Gefährtinnen und ihren Kindern, müde von der langen Wanderung ... Drüben im Westen schimmert eine lange Lichterkette gegen das Dunkel. Ginstergeflämm – oder die Lager von Maglemose?

III SOMMER

Heute bin ich zum Tobel von Drumtochty geradelt. Es war sehr heiß, die Hitze saß fest im Becken des Howe und drehte sich und kreiselte dort milchig, von kleinen Wind-strömungen bewegt, die über die Pässe der Grampians heruntergesickert waren. Auf den langen staubigen Stra-ßenabschnitten zwinkerte und blinzelte mein schwitzender Schatten, während ich in mitleidenden Schweiß gebadet folgte. So lange, bis wir auf dem Weg hinunter in den Tobel selbst waren, wo uns die überschattenden Hänge dämmrige Kühle überwarfen. Dort glitzerte und strudelte das Wasser kühlend, so kalt, eine kleine Quelle mit braunem Geröll in der Tiefe wand sich zwischen Ginster und Brambusch. Links ragte der wieder aufgeforstete Drumtochty Hill auf, blendend in unfassbarem Violett. Dieser tyrische Prunk auf Drumtochty Hill hat wohl nicht seinesgleichen in ganz Schottland, so atemberaubend und sonderbar, fremd in Schottland: ein Wunder, ein so prachtvolles Schauspiel der Natur, das einen Monat lang unsere kargen Hügel auf-sucht, und wir starren es an – nüchtern und presbyterisch aus unseren Schwarz- und Brauntönen heraus –, ganz so, wie MacDiarmid sich die Schotten beim Jüngsten Gericht vorgestellt hat, da starren sie auf

> *Gott un die janze bande*
> *Engel obn inner luft*

37

Aufjedonnert wie wenn franzmänner mit flitterzeug
Sie anjetan hätten

Von jenseits der Umrisse des Drumtochty tönten Schnepfen durch das Säuseln der Stille. Ich stieg vom Fahrrad,
um ihnen zu lauschen und um mich umzuschauen. Dabei
war ich mir einer nüchternen Tatsache bewusst: Dies alles
hier war ein bisschen enttäuschend. Diese düsterfarbige
Schönheit würde ich erst zurück in England richtig zu
schätzen wissen; weit weg von hier, zwischen den sanften
Weiden von Hertfordshire würde ich mich eines Abends
daran erinnern und unbedingt darüber schreiben wollen.
Ich würde es ohne all die Nebensächlichkeiten sehen,
ohne Fliegen und Schweiß und diese scheußliche Gips-
burg, die sich da in den Wald schmiegte (Guter Gott, sie
schmiegte sich auch noch!). Dann, in der Ferne, würde ich
es in seiner Einfachheit sehen, so wie ich die Leute des
Landes sah.

Das ist vielleicht das wirkliche Land: Nicht diese endlos
langen Felder und Ackerfurchen, die mir in ihrer anschei-
nenden Belebtheit keine Ruhe lassen. Das ist das Land,
unaufgewühlt und weitgehend von Menschen unberührt,
das weder Pflug noch Saat noch Sense kennt. Doch auch
diese Berge sind nicht immer so gewesen. Die Archaische
Zivilisation kam hier an und schuf Terrassen aus großen
Teilen dieser Hänge, errichtete Teufelssteine und Sonnen-
kreise in Verehrung der großen Gottheiten des Landbaus
alter Zeiten – vor langer Zeit, bevor Pytheas an diesen
Küsten entlangsegelte, während Alexander sein Pferd
über den Jaxartes ritt, waren Bauern auf diesen Hügeln,
an einem Tag wie diesem hielten sie inne, um sich den
Schweiß von der Stirn zu wischen und mit prüfendem

Blick das grüne Sprießen der Gerstensaat zu begutachten ... Des Nachts schliefen sie in Behausungen, die in die Erde gegraben und mit Stroh gedeckt waren und auf einen wilderen und nässeren Howe hinausblickten, der aber auch damals schon um diese Jahreszeit in diesen Purpur eingehüllt war. Sie sind so ungreifbar und dennoch so wirklich, diese Leute – wie ließ mich früher, vor Jahren, der Gedanke an sie nicht los! Ich interessierte mich nicht besonders für die Dinge, die mich umgaben, ich erinnere mich an die frühen Sommermorgen, die safrangetüpfelt über den Heuraufen von meines Vaters Hof heraufzogen, das Wispern und Knistern der Getreideähren, Grün, das zu Gelb wurde auf den langen Feldern, die sich vor unserer Haustür erstreckten, das Rumpeln und Quietschen des Aufsatzes eines vorüberfahrenden Kastenwagens, das muntere, etwas spöttische »He!« des Bauernburschen mit lachenden Augen, der unrasiert auf der Vorderkante des Kastens hockte ... doch für mich waren es die Menschen der Urzeit, die durch diese Wälder und auf den Hügeln geisterten, und das hat sich nicht geändert.

Ich erklomm mit meinem Fahrrad die Spitze des Felsengipfels und setzte mich hin und hielt Mittag und sah mich um: und fand es sehr still, dieses Land Schottland, das jetzt zur Mittagsstunde eine kurze Siesta hielt. Drunten im Norden die grünen Felder, meilenweit entfernt, lagen wie Tafeln aus Malachit auf dem Tisch eines Handwerkers der alten Chichén-Itzá oder in Mexiko, durchscheinend und glänzend und poliert. Da begriff man vielleicht zum ersten Mal, wie die alte Zivilisation von dieser Farbe Grün besessen war und ihr magische Eigenschaften zuschrieb. Diese Farbe kennzeichnete einen Lebensspender – das ist plausibel, sind diese Getreidefelder nicht unbestreitbar solche Spender? Das Land hier ist besser als in meiner Heimat – dunkler, von Lehmadern durchsetzt, aber mit einem gehaltvolleren Unterboden. Zwischen dem Grün von Weizen und Gerste glänzten die dunkleren Streifen der Kartoffelfelder, die Rübensprossen, das Honigbraun des Klees. Bienen umsummten mich, eine kam und aß mir Marmelade vom Brot, eine unzufriedene Bienenseele, der der natürliche Nektar der Glockenheide nicht reichte und die nach den scharfen säuerlichen Aromen des Künstlichen lechzte.

Sie ist damit nicht allein. In meinen Jugendzeiten (ich genieße es – ein für Männer Anfang dreißig typisches Vergnügen –, mich als der Jugend entwachsen zu betrachten; jenseits der Vierzig verflüchtigt sich dieses Vergnügen) ernährten sich Männer und Frauen noch weitgehend von dem, was in der Gegend angebaut wurde: Grünkohl und Weißkohl und gutes Hafermehl, sie machten Grütze und Porridge und knusprige Haferplätzchen und Marmelade aus den Brombeeren, die in den kargen sauren kleinen Hausgärten wuchsen. Doch das gehört fast ganz der Vergangenheit an. Wenige backen heutzutage ihre eigenen Haferplätzchen, noch weniger essen Grünkohl. Zeug vom Krämer, Zeug in Gläsern und Dosen, die konservierten Nahrungsmittel aus Chicago und die allgegenwärtigen Fray Bentos haben die Ernährungsweisen der alten Zeit verdrängt. Dieses fade, mit Abfällen durchsetzte Zeug ist einfacher zu handhaben, es versklavt nicht das ganze Leben wie es früher mit dem Kochen und Auftischen in den kleinen Gehöften und Kötterhäusern der Fall war – an einem heißen Tag wie heute wurde an großen offenen Feuerstellen gekocht, es gab nicht mal einen Herd. Und auch wenn ich jetzt hier auf dem Berg sitze und mich über die

faden, vereinheitlichten Nahrungsmittel der Konserven-
fabriken beschwere, habe ich nicht das Geringste mit den
Sonderlingen in den Städten zu schaffen, die die Rückkehr
dieses »reichhaltigen landwirtschaftlichen Lebens« als die
Rückkehr einer lobenswerten, gesegneten, reichhaltigen
und großherzigen Lebensweise betrachten würden. Lieber
Fray Bentos und ein Platz im Kino mit deinem Verehrer
am Samstagabend als die Hitze beim Backen ganzer Berge
von Haferplätzchen mit Kopfschmerzen dazu.

Sie tun sich schwer mit Veränderung, die Männer und
Frauen in den kleinen Kotten und Gehöftchen, doch
langsam vollzieht sich in ihrer Denkweise ein Richtungs-
wechsel. Weniger Kinder stapfen jetzt durch den schwarzen Schlamm der sommerlichen Regenstürme zur Schule,
weniger sind es sowohl auf den Höfen als auch in den
Kötterhäusern. Der uralte seltsame Kreis der Generationen, der das schottische Bauerntum jahrhundertelang
in Fesseln hielt, ist durchbrochen. In früheren Zeiten
mochte ein Pflugknecht sparen und zusammenkratzen
und darben und geizen und dann eine Magd heiraten, die
aus dem gleichen Holz war. Und mit der Zeit hatten sie
genug zusammengespart, um einen Kotten zu pachten,
dann ein kleines Gehöft, und die ganze Zeit haben sie gespart und ihr karges, grimmiges Leben gelebt, und durch
ihre Ersparnisse kamen sie schließlich in den Besitz großer
Viehbestände und der steingefliesten Küche eines großen
Hofs. Und die ganzen Jahre über gebar die Frau, tüch-
tig, häufig und ohne Klage – zwölf oder dreizehn Kinder
waren bei einer Bauernfamilie üblich. Und diese Kinder
wuchsen heran, und der Vater starb. Und beim Aufteilen
des Eigentums nach dem Tod erbten jeder Sohn und jede
Tochter nur ein paar Pfund. Und so fingen sie zwangsläu-

fig auch wieder an als Ackerknechte in den Scheunen, als Mägde in den Küchen, und machten sich wieder daran, die Leiter Sprosse für Sprosse zu erklimmen – auf dass ihre Kinder dasselbe tun würden.

So wurde eine Art Demokratie auf dem Land gewahrt, die jetzt verschwunden oder im Verschwinden begriffen ist: Man hatte einen Knecht oder eine Magd im Haus, die Kinder alter Jugendfreunde auf High Rigs waren, die eigenen Söhne und Töchter waren in Hütten oder winzigen Katen, es war der vollkommene Spenglersche Kreislauf. Dennoch war es eine verschwendete Anstrengung, es war ebenso dumm wie das Einspannen eines Esels, ja ganzer Generationen von Eseln in die Tretmühle. Wenn das unbeholfene Gefummel der Verhütungsmethoden nur das eine bewirkt hat, dass dieser Kreis und der immer gleiche Verlauf des alten Zyklus durchbrochen wurde, dann ist schon viel gewonnen. In hundert Jahren werden diese Hügel noch genauso unbeweglich und im Wesentlichen unwandelbar in sommerlicher Diesigkeit stehen, doch weiß ich nicht, was für ein sonderbarer Herr über das bestellte Land dann am Fuße dieser Hügel entlangfahren wird und in was für einem neuartigen mechanischen Gefährt er sitzen wird, doch sicher ist, dass er nicht mehr unter diesem uralten Joch seufzen wird, und ich entbiete ihm meine Grüße in der Hoffnung, dass er auch einmal den Cairn o'Mount erklimmt und sitzen wird, wo ich jetzt sitze, und in sommerlichen Gedanken in den sonnenglänzenden Dunst der Zukunft schweift, in die Leben und sehnenden Träume der vergessenen Männer, die seine Vorfahren waren.

IV HERBST

Ich habe eine Tochter von vier Jahren, sie ist in England geboren und geht dort zur Schule, und sie macht sich schon ihre Gedanken über Ethnologisches. Manchmal debattieren wir miteinander und haben eine Meinungsverschiedenheit, dann ist ihr letzter Trumpf stets: »Du bist ja bloß schottisch!«

Im Herbst spüre ich mehr als zu jeder anderen Jahreszeit, wie sehr ich schottisch bin, wie verwoben in alle Fasern meines Körpers und meiner Persönlichkeit dieses Land ist mit seinen schmächtigen kargen Ernten, seinen glühenden Sonnenstunden und seinen lastenden Regenfällen, wie sehr ich hier nicht zugehörig bin, im Süden, in diesen Jahreszeiten voll Dunst und sanfter Fruchtbarkeit, die meinem Howe so fremd sind wie die Olivenhaine Persiens. Es ist eine schwerere und langsamere Ernte, lieblicher in ihrer Kargheit, die hier eingebracht wird, im frühen September, unter prüfenden Blicken zum Himmel im Morgengrauen und zum seufzenden Klang der See bei Bervie. Sanft ist es gewiss nicht, doch sie hat einen einzigartigen Duft, diese Jahreszeit, die erfüllt ist vom schwirrenden Schlag der Kiebitzflügel, von den großen Monden, die nirgends so sind wie in Schottland, endlose Monde, wenn die Erntewagen durchs Dickicht der Fichtenschatten zu den im tiefen Schlamm liegenden Kornfeldern schwanken.

Das sind die zauberischsten Nächte im Land: Sie wäh-
ren nicht lange, doch ihre Düfte – scharf und rein, eine
Mischung aus frischem Pferdemist und staubigen Äh-
ren – durchdringen die Wintermonate. Das Schnauben
und Malmen eines Pferdes in dieser mondübersäten Dunkelheit, und das kehlige »Tschk-ting« des Mistschauflers,
die großen Umrisse des Viehs auf den Weiden, an denen
man vorübergeht, das ferne Schimmern der Lichter einer
feinen Stadt, die schlafen geht, die seltsamen Formen von
Pfahl und Tor und Garbe – die Natur holt ihre Puppen
und Kulissenstücke Jahr für Jahr hervor, unweigerlich,
und aller Staub fällt von ihnen ab, sie sind jedes Jahr
wieder unvergleichlich frisch. Man kann dort stehen in
dieser Herbstesnacht und ihrer Stille, als wollte man auf
Gottes verlorene Trompete horchen, doch alles, was man
erlauscht, ist ein Kiebitz, der vorüberfliegt.

Es ist seltsam, dass Schottland keinen Gilbert White
oder HJ Massingham hat, um seine Felder, seine Vögel,
um Nächte wie diese und das Hin und Her der Schwalben
zu besingen, in schlichter, sorgsamer Prosa, mit gebändig-
ter Hingerissenheit. Doch vielleicht ist es gar nicht seltsam. Wir Schotten interessieren uns nicht so sehr für das
Wilde und seine Welt; ich stelle fest, wie abgezirkelt und
kontrolliert mein eigenes Interesse ist, ich weiß nur ungefähr von Spatzen, Meisen, Mauerseglern und Schwalben,
ich weiß wenig von ihren Jahreszeiten, und das Ausmaß
meines Unwissens belastet mich ganz und gar nicht. Ich
bin so viel mehr mit Männern und Frauen befasst, mit
ihren Nächten und Tagen, mit all dem, an das sie glauben,
all dem, das ihnen Schmerz und Zorn bereitet, und mit
all den kaltblütigen müßigen Grausamkeiten, die immer
noch untot sind. Wenn ich davon lese oder höre, wie man

mit kranker Boshaftigkeit einen Hund zu Tode gefoltert hat, einem alten Pferd in der Bergabfahrt mit überladenem Wagen das Rückgrat gebrochen hat, in den Gesindebuden mit glühenden Schürhaken Ratten fängt und quält, dann überläuft mich ein Schauder der Abscheu. Doch bewegt mich das nicht allzu tief, nicht so sehr, wie das Schicksal der Cameronschen Gefangenen in alter Zeit dort drüben, drei Meilen von hier, in Dunnottar; nicht so sehr wie das Gesicht des abgerissenen Vagabunden, der heute Nachmittag hier vorüberkam, nicht so sehr wie die Kreuzigung der Sklaven des Spartakusaufstands entlang der Via Appia. Es ist mir unbegreiflich, dass sich aufrichtige und ehrliche Menschen, begabt mit der Fähigkeit zu Erbarmen und empörtem Mitgefühl und Wut, Geschöpfen außerhalb ihrer Spezies zuwenden, solange es Grauen und Schrecken unter Menschen gibt. Ich gebe mit übertriebenem Starrsinn meiner eigenen biologischen Spezies den Vorzug. Ich bin ein chauvinistischer Patriot des Planeten Erde: »Menschheit, ob recht oder unrecht.«

Vor allem im Herbst. Um die Mittagszeit überquerte ich ein Feld, von dem die letzten Garben fortgeräumt und als Gefangene davongeführt wurden, die gähnenden Stoppeln drängten sich aus den Rissen im Lehmboden, der Binder drehte seine langen Runden um den Acker, wo der Vorarbeiter drei Wochen zuvor sein Gespann entlanggeführt hatte. Und jeder einzelne solche Stoppelhalm ist aus Samen gewachsen, die Menschen gesammelt, geworfelt, verlesen haben, Menschen haben die Erde zum Empfang der Samen gepflügt und geeggt, haben gesät und gesorgt und geachtet, wie jeder einzelne dieser Halme im Frühlingsregen und der heißen Sonne des Sommers keimte und wuchs – und so wachsen Trillionen ihrer Art auf all den Äckern im Umland, bis dorthin zum Gehöft von Upperhill, und so rauschen sie den ganzen Anstieg des Howe hinan bis zur schwarzen Erde, die bei Brechin beginnt, und über das wellige Land die Küste hinab, bis sie zum üppigen Boden von Lothian kommen und den Obstplantagen von Blairgowrie … Das ist unsere Macht, das ist das Wunder der Menschheit, unser einer großer Sieg über Natur und Zeit. In drei Millionen Jahren mögen unsere Nachfahren den Großen Bären vor den Pflug spannen, um ihre gewaltigen Furchen in die Galaxie zu pflügen und die Weiten des Weltraums zum Feld haben und sich – wenn überhaupt – des Menschen nur wegen dieses kleinen Planeten erinnern, auf dem eben der Mensch das Land eroberte und ihm mit List und Starrsinn und einer wilden und grimmigen Ausdauer abrang, was er zum Leben brauchte.

Die Raufen stehen hoch und weiß im Mondlicht um ihre gelben Gestelle: die Leute schirren die schweren Gäule vor den Karren aus und führen sie klacketeklack über die Pflastersteine im Hof, mit Scharren und Scheppern an der Tränke und Stille und dann einem langen schlabbernden genussvollen Schlürfen, ich selbst bekomme Durst aus Mitempfinden mit der Freude des Pferdes an dem kühlen guten Wasser auf der Trockenheit von Mund und Kehle. Dann scheint ein Licht auf, leuchtet durch die Spinnweben im Stall, eine ungeduldige Stimme sagt »Hüü!« und die Ernte ist vorüber.

Ganz schön still hier, denn die Jungen ohne Verantwortung sind nicht da. Doch andernorts, allenthalben zwischen den Schobern und auf den Höfen längs der großen Landwirtschaftsgürtel Schottlands gibt es noch Reste der alten Vergnügungen nach dem Einbringen der letzten Garben, da gibt es noch die gutmütigen Späße, das Trinken, das Schauen zum Mond, und dann die langsamen steten Burschen, die zu ihren Hütten schlendern, die Hände tief in den Taschen, die Stiefel schlagen Funken aus den Pflastersteinen, still warten Mädel im Schatten der neu errichteten Schober auf ihre Burschen, um gekost zu werden, sich warm und glücklich an eine verschwitzte braune Brust zu schmiegen, und im Küssen die Wunder der Welt zu spüren und das Gute der Nacht zu kosten und den Ausklang des Herbstes ... bevor der Winter kommt.

Morgen werden natürlich noch die Kartoffeln geerntet. Aber das ist irgendwie keine richtige Ernte, es ist nicht wahrhaftig Teil des Herbstes wie das Einbringen des Korns. Es ist immer noch eine fremde Pflanze, die Kartoffel, ein Eindringling aus dieser Welt wilden Glaubens und noch wilderer Ausübung, die wir die Neue nennen, eine Pflanze, die sich verbirgt und in der Tiefe rückenverkrümmender Furchen ihren Bau hat. Das Korn ist so alt, dass jede frische Ernte nur das Töten eines alten Feind-Freundes ist, ritualhaft, auf dass man essen kann vom Fleisch der Gottheit und trinken kann von ihrem Blut und so Leben und Erlösung erlangt.

MUMM

Neun hatte sie gehabt damals, Mistress Menzies, und alle neun hatte sie auch großgezogen – manche musste sie am Schlafittchen wieder ins Leben schleifen. Wimmernd und schwächlich waren zwei, drei von den Kindern, wollten sich von der Wiege in den Sarg wimmern, doch sie schüttelte sie wach zum Leben und verabreichte Salze und päppelte sie, bis sie nicht anders konnten als leben. Und wenn sie ein Kind, dem sie gerade die Nase gewischt oder eine scharfe Arznei gegen Bauchweh gegeben oder ein Loch im Kopf verbunden hatte, mit einem Ruck wieder auf den Boden setzte, dann schaute sie drein, als wollte sie sagen: »Jetzt stirb nur, wirst schon sehn, was du davon hast!«

Breit und schwer war sie in ihrem vierzigsten Jahr, wie eine große Fuchsstute, »wenn sie mal hübsch war, dann zu Noahs Zeiten«, sagte ihr ältester Sohn Jock Menzies des Öfteren. Sie hatte rötliches Haar und eine hohe schiefe Nase und Hände, mit denen sie sich einen Weg durchs Leben schaufelte, und wenn je eine Menschenseele sie rasten oder ruhen gesehen hatte, nachdem die Nacht vorbei und der Tag angebrochen war, dann muss derjenige vor Schrecken gestorben sein ohne ein Wörtchen zu verraten.

Denn vom Morgen bis zum Abend war sie zugange, Arbeit, Arbeit, immer Arbeit auf dem mageren kleinen Stück Pachtland, das zum Meer hin abfiel. Wenn kein Nebel auf dem kalten steinigen Feld lag, dann war es wahrscheinlich, dass Regen rauschte, der trieb und troff von der See her, die am schroffen Rand des Landes seufzte und klatschte.

Kinneff lag nach Norden, und im Süden sah man des Abends, wenn der Himmel am Rande des Dämmers klar war, wie die Lichter von Bervie gegen diesen Himmel plötzlich aufschienen, weit weit weg, und ringsum nur Stille, nichts zu hören als der Ruf eines Seevogels.

Doch zum Schauen und Horchen hatte Margaret Menzies aus Tocherty nicht die Zeit. Kaum blinzelte der Tag, da tat Meg das gleiche, und auf den Beinen war sie, in den Kleidern und schon geschäftig zugange im Haus, kochte den Porridge und weckte die Kinder und raus in den Stall, um die drei Kühe zu melken, während der Morgen aus dem Osten wuchs und ein Wind wie Messerhagel von den Hügeln her blies. Bald war sie wieder in der Küche, verpasste dem Ältesten, Jock, eine Ohrfeige, weil er die Schwestern und Brüder nicht geweckt hatte, holte sie dann selbst aus dem Bett, setzte ihnen Frühstück vor und schimpfte sie aus und zog ihre Hosen hoch und die Kleider glatt und polierte ihre Schuhe und rückte ihnen die Mützen zurecht. »Los jetzt, und macht, dass ihr nicht zu spät kommt!«, rief sie ihnen hinterher, »und benehmt euch in der Schule! Und sagt dem Schulmeister, ich komm am Abend rüber, um zu fragen, was er sich gedacht hat, dass er Jeannie so gemein verdroschen hat, wie ihr nicht gut war.«

»Ja, Mutter«, riefen sie und trotteten davon, eine ordentliche Herde von Kindern, die Gesichter alle rotgeschrubbt. Meg, auch rot im Gesicht wie ein fuchsiger Ackergaul, drehte sich um und hüpfte wieder hinein, um zu guter Letzt ans Schrankbett zu treten und ihren Mann halbwach zu rütteln. »Na, komm schon, Willie, es ist Zeit, dass du aufstehst.«

»Wirklich?«, fragte er ächzend und kroch dann langsam aus dem Bett, ein kleiner Kerl, wie ein Wiesel, der Will

Menzies, obwohl manche sagten, Wiesel seien im Vergleich zu ihm liebenswert. Er würde sich noch ins Grab trinken, sagten die Leute, ein roher Grobian wie kein zweiter, stinkfaul obendrein und verschlagen wie eine Schlange. So wüst und frech auch Megs Mundwerk war, man konnte nicht anders als eine Frau wie sie bedauern, die ihr Leben lang an so was gebunden war. Doch sie hatte noch mehr als nur eine Schwäche für den Kerl – wenn eins der Kinder auch nur die kleinste Lüge tat, zog sie ihm fast das Fell über die Ohren, doch wenn Menzies am Mittag hereingeschlapst kam und stöhnte, er sei ganz schön kaputt von der Arbeit, den ganzen Zaun am Acker habe er geflickt, jetzt müsse er den Rest des Tages im Bett bleiben, und sich damit unter die Decke verkroch, und sie dann kaum eine Stunde später nach den Kühen schaute und sah, dass er gelogen hatte, der Zaun weder geflickt noch so wie zuvor, dann schürzte sie nur ihren großen breiten Mund und sagte kein Wort, und in den Augen glomm ihr was auf, als ob sie im Innern gar lachte. Und wenn er betrunken vom Markt kam, dann scheuchte sie die Kinder aus dem Zimmer und streifte ihm die Kleider ab und legte ihn ins Bett, mit noch einer Decke obendrauf, damit er sich nicht verkühlte.

Sie tat seine halbe Arbeit auf den Feldern von Tocherty, sie schirrte das Pferd und das Pony zusammen ins Joch und schürzte ihren Rock, dass man ihre schweren Beine sah, und rief »Hüüü!« wie ein Mann und pflügte ordentliche Furchen, eine Wolke von Möwen krächzend hinter ihr, Wind im Haar und dort unten die See. Und Menzies mit seinen verschlagenen Augen machte sich weg auf eine Sauftour nach Kinneff oder Stonehive. Mensch, wenn man sah, wie es da zuging, da mochte man wohl denken, wie gut, dass es so was wie Ehe gibt, die Leuten hielten zusammen und konnten nicht weg voneinander, sonst hätte es düster ausgesehen für diesen losen Kerl vom Tocherty-Hof.

Naja, zuletzt hat er sich aber doch ins Grab getrunken, weniger Gestank draußen auf der Erde, umso mehr drunter. Doch sie brach zusammen und weinte, es war schrecklich anzusehen, Meg Menzies heulte wie ein Gaul in Not, unverwandt den Blick auf das tote stille Gesicht ihres Mannes gerichtet. Und dann rannte sie davon, war die ganze Nacht weg, sooft auch die Kinder ihren Namen riefen, auf und ab über die Äcker unterm Klang der See. Doch am nächsten Tag war sie wieder bei ihnen, frisch wie immer, mitten im Trubel, eine schwerknochige Stute, die hier kommandierte und dort befahl, und am nächsten Tag ein ordentliches Essen bereit hatte für alle, die zur Beerdigung dieses Tunichtguts von einem Mann kamen.

Vier Kinder hatte sie noch daheim, als er starb, die übrigen waren Küchenmägde oder in Stellung, die Mädchen hatte sie selbst untergebracht, und zweimal, als zwei ihrer Mädchen von ihrer Stellung weggelaufen und heimgekommen waren und sich über ihre Herrinnen beschwert hatten, da hatte sie die Mädchen verdroschen und zurückgebracht – und dabei die junge Frau des Arztes, bei der Jean Menzies in Stellung war, beinah zu Tode schockiert: »Ich hab das Mädchen verdroschen und bring sie Ihnen zurück. Aber tun Sie ihr bloß kein Unrecht an, sonst verdresch ich Sie auch!«

Da hat man sich seinerzeit wohl das Maul drüber zerrissen, über Meg Menzies und die ordinären Dinge, die sie gesagt hatte, die Leute erzählten sich, sie hätte sogar den Körperteil genannt, den sie dieser halben Portion von Arztfrau verdreschen würde. Und fürwahr! Das muss wohl ein Schock für die Arztfrau gewesen sein, die war ja so fein, sie hatte gar nicht gewusst, dass sie so einen Körperteil überhaupt hat.

Seis wie es sei, ihr Mann war jetzt tot, doch den Hof zu verlassen, das kam für Meg überhaupt nicht infrage. Es war Erntezeit, und Meg fuhr den Mähwagen die langen klackernden Lehmgewannen am Meer auf und ab und sprang behände am Ende jeder Strecke ab und sammelte und band so flink wie der Wind und führte das Pferd im Nu wieder weiter zum Schneiden. Beim Einbringen der Garben halfen die Kinder, nachts sah man sie, eine hundsmüde Schar unterm Mond auf dem Erntewagen.

Und in diesem Jahr und im nächsten und bis das Getratsche im Howe versiegte, versah Meg Menzies den Tocherty Hof, und fürwahr, ihrer Ernte bekam es nicht schlecht. Sie fuhr nach Stonehive zum Markt, wenn es nötig war, auf dem alten Lastkarren fuhr sie, mit dem alten Gaul im Geschirr, auf dem Karren ein Schaf, das sie zu verkaufen hatte, oder ein Schwung alter Hennen, die nicht mehr legten. Ein Metzger wollte sich mal lustig machen: »Das Schaf sieht dir aber ähnlich, dem sind auch die Zähne so lang geraten.« Und Meg wieherte los wie ein Pferd und antwortete, dass alle es hörten: »Meiner Treu, wenn du was gegen Zähne hast, ich hab auch eine Legehenne im Karren, die ist grad so zahnlos und dämlich wie du, möcht ich meinen!«

Dann sprach sich was rum vom ältesten Sohn, Jock Menzies, der oben bei Allardyce im Dienst war. Dieser Dämlack, der bildete sich schwer was ein, seitdem er beim Wettpflügen einen Preis gemacht hatte – nicht für sein

Pflügen, sondern weil er so gut aussah, und die Mädchen dort, die waren so dumm wie er selbst, er brauchte bloß zu nicken, und schon waren sie bei Fuß, und wie man so redete, ging es auch weiter als das. Meg hörte sich die Gerüchte an, und es scherte sie nicht, bis das letzte Gerücht kam, und da handelte sie schnell.

Kaum hatte sie es gehört, da zerrte sie schon das Fahrrad hervor, das ihre Tochter Kathie sich gekauft hatte, und sie stieg auf und radelte die Hänge von Bervie hinunter im Frühling, die Sonne schien, und das Land breitete sich grün in einem Glanz aus Dunst aus, der blau um die Hügel lag, und als sie zu dem Hof kam, wo Jock im Lohn war, sah sie ihn auf einem Acker neben der Straße beim Pflügen, der schwarze Lössboden kräuselte sich weich wie ein Band unterm Pflug. Ein zweiter Bursche ging hinter ihm, Meg Menzies sah zu, bis sie ans Ende des Gewannes kamen, ihre große Brust hob und senkte sich wie bei einer schweren Stute, während sie unverwandt auf die Form der Furchen blickte, die sie machten. Sie kamen zum Ende und führten die Pferde zum Wenden hinaus, und Jock rief »He!«, und sie erwiderte »He!« und sah auf die Furche und graunzte knapp: »Für dein Aussehen magst du Preise kriegen, für dein Pflügen nimmer.«

Jock lachte. »Pech gehabt, ich werd nicht drum weinen«, und er packte die Pferde am Zaumzeug und wendete sie. Doch sie rief: »Einen Moment noch, mein Junge. Was hör ich da von dir und Ag Grant?«

Er fuhr herum und lief rot an, und der andere Knecht auch, und dann lachten die beiden, wie Ackerknechte es tun, wenn man ein Mädchen nennt, mit der sie auf mehr als eine Art allzu gut bekannt geworden sind. Und Meg bellte: »Ich will eine Antwort, kein Gockelgegacker, das kann ich zu Hause auf dem Misthaufen hören. Was hast du vor mit Ag und dem Mallör, in dem sie steckt?«

Und Jock sagte: »Nichts«, ganz dreist und unverschämt, und im nächsten Moment war Meg schon über den Graben und hielt ihn am Ohr gepackt und schüttelte ihn, bis der andere Bursche herbeistürzte und nach ihrem Arm griff. »Du lieber Himmel, gute Frau, Ihr reißt ihm noch das Ohr ab!«, schrie er. Doch Meg Menzies fuhr herum wie eine Stute im Frühlingsgras: »Halt du dich raus, sonst reiß ich deins auch ab!«

Also hielt er sich raus und sah nur zu, nun würde er was zu erzählen haben, wenn er sich am Abend aufmachte, um mit seinem Mädchen zu schäkern. Denn Meg hielt das Ohr gepackt, bis es fast abriss, und Jock schwor, er würde alles mit Ag Grant in Ordnung bringen. Da ließ sie das Ohr los und schaute ihn zornig an: »Sieh zu, dass du dich schnell verheiratest, du bist von der Sorte, die einen Stall voll Kinder braucht, um dich aus dem Kittchen zu halten, so will es mir scheinen. Man braucht Mumm, um richtig gemein oder richtig brav zu sein.«

Die Hochzeit fand statt, bevor der Monat um war, Meg machte für sie einen Kotten ausfindig, wo sie als Gesinde unterkamen, sie gab ihnen ein Bett und einen Schrank, die sie übrig hatte, und noch ein, zwei weitere Stücke Möbel vom Tocherty-Hof. Sie persönlich führte den Hochzeitstanz an, mit dem Pastor im Arm, ein spilleriger kleiner Kerl, und wie sie ihn so durch den Raum wirbelte und er aussah wie eine Ratte im Maul eines Köters, da dankte er ihr, dass sie Agnes Grant aus der Patsche geholfen hatte. »Nichts ist besser als eine Hochzeit, um was ins Reine zu bringen.« Und Meg Menzies sagte »HÄ?« und dann sagte sie »Hm«, aber in einem komischen Ton, vielleicht hatte sie noch gar nicht daran gedacht, meinte er. Bald darauf schlich sie davon, um Dornen ins Brautbett zu streuen und die große Handglocke darunter zu hängen, die die Stallknechte zu jeder Hochzeit mitbrachten.

Tja, damit war Jock nun verheiratet und aus dem Weg. Doch sie hatte noch genug am Hals, Dod, Kathleen und Jim gingen noch zur Schule, Kathie ein Schlawiner, die allein es im Mundwerk mit ihrer Mutter aufnehmen konnte. Jeannie wars, die ihr als nächste Sorgen ins Haus schickte. Jeannie war am Ort ihrer Anstellung, im Haus des Arztes nämlich, erwischt worden, sie sollte Geld gestohlen haben, und man hatte sie heimgeschickt. Es dauerte nicht lange, da hatte es sich bis Stonehive rumgesprochen, die Polizei kam raus und setzte ihr zu, bis es weh tat, sie schwor, sie habe nie einen Heller genommen, und Meg schwor mit, sie war schwarz vor Wut. Und die Leute lachten sich ins Fäustchen, hoho, das war ein Schlag für die dicke Meg Menzies, ihre Tochter eine Diebin!

Doch das hielt nicht lange vor, bloß drei Tage, dann sahen die Leute, wie der Arzt in seinem Auto bei ihnen vorfuhr. Und er sprang hinaus und marschierte stramm durch den Hof und fand sich an der Tür direkt vor Meg. Er rief: »Gute Frau, ich bin gekommen, um Jeannie zurückzuholen.« Sie starrte ihn über ihre große schiefe Nase weg an. »Ach, ja? Und warum, wenn ich das erfragen darf?«

Da sagte er ihr, dass sich das vermisste Geld gefunden hatte, in einem Schrank bei der Tür hatte es gelegen, jemand musste es dort vergessen haben, vielleicht beim Bezahlen des Krämers an der Tür. Und Jeannie – ja, er wollte Jean jetzt zurückholen.

Doch Meg sah ihn drohend an: »Ha, da haben Sie sich aber geschnitten! Raus hier, Sie mitsamt Ihren Diebstahlsverdächtigungen.« Der Arzt lief rot an. »Sie machen einen schlimmen Fehler!«, und Meg darauf: »Ich mache gleich Hackfleisch aus Ihnen!«

Das wartete er aber nicht ab, und sie sah ihm nicht hinterher, wie er ging, sie trat nur zurück in die Küche, wo Jeannie saß, mit kreideweißem Gesicht hatte sie zugehört, wie sie redeten. Und dann, so hieß es, denn Jim hatte es in der Schule erzählt und so hatte es schnell die Runde gemacht, dann ließ sich Meg in einen Stuhl fallen, und sie dachten schon, sie weine, doch dann hob sie den Kopf, und sie sahen, dass sie lachte, das war beinah so beängstigend wie das andere, dachten sie. »Hast du nicht mal ne Zigarette«, fuhr sie Jean plötzlich an, und Jean bibberte: »Nein«, Meg sah sie mit kaltem Blick an, »Sitz nicht da und lüg mich an. Geh, hol sie.« Und Jean brachte sie, die Mutter griff nach dem Päckchen. »Mach mir ein Streichholz an, damit ich das Ding anzünden kann. Vielleicht tut der Rauch meinem Rachen gut, ich hab so ein Kratzen drin, seit gestern, wo ich beim Haus vom Arzt war.«

Kaum einen Monat später war sie Jean los, hatte das Mädchen nach Brechin versorgt, wo sie bald einen Kerl heiratete, einen Schreiber, der hätte sie wohl gern auf ihrem Pech sitzen lassen, doch Meg fuhr hin auf dem Fahrrad und vermöbelte den Burschen, dass er sich zwei Wochen nicht auf den Hintern setzen konnte. Das war bestimmt ein bisschen gelogen, was man sich da erzählte, doch wenn schon, Meg Menzies wars ja selber schuld, mit dem Ruf, den sie sich im Howe erworben hatte. »Die wird auch noch ihr Herzweh kriegen«, sagten die Leute. Doch zum Teufel, von Herzweh war nichts zu sehen, Jeannie war verheiratet und richtig vornehm.

Kathleen war die nächste, die zum Turnus das Zuhause verließ. Sie war groß wie Meg und hatte auch rotes Haar, aber ein schmales feines Gesicht, langgeschnittene Augen, blaugrau wie die Hügel an einem heißen Tag, und ihre Lippen mochte man zu dick finden. »Also, ich bin dann weg, Mutter!«, rief sie, und Meg rief: »Mach bloß, dass du dich benimmst!« Und Kathleen rief zurück: »Vielleicht. Ich bin ja nicht mehr in der Schule.«

Meg stand da und schaute dem schmalen Mädchen hinterher, halb zornig, halb lachend, mochte man meinen, so folgte sie mit dem Blick der Gestalt, die so schlank und adrett und aufrecht den Hang hinunter auf dem rollenden Fahrrad entschwand, Schwalben stiegen bei Kinneff auf und nieder, und das Mädchen selbst schien so leicht und frei wie eine Schwalbe, wie sie da von zu Hause fort radelte, an der Kurve drehte sie sich um und winkte und pfiff, sie pfiff wie ein Kerl, und auch so laut, diese Kath.

Dann war Jim an der Reihe und fertig mit der Schule, er blieb zu Hause, er ging nicht in Anstellung, ein stiller Bursche, er bewirtschaftete den Hof, und Meg, Wunder über Wunder, Meg ruhte sich aus. Das Alter machte sich endlich auch bei Meg Menzies bemerkbar, sagten die Leute. Der Krämer spielte eines Abends darauf an, und Meg versetzte so scharf wie in alten Zeiten: »Zum Teufel mit dem Alter! Aber wenigstens hab ich nicht mehr den Klotz mit den Kindern am Bein, die meisten sind verheiratet oder noch zu jung dazu. Ich bin so flink wie früher, mein Junge! Mir steht bloß der Sinn ein bisschen nach Fläzen.«

Nun, kaum hatte sie sich aufs Fläzen verlegt, kam schlechte Kunde aus Segget: Kathleen, ihre Tochter, die dort in Stellung war, hatte sich mit einem dummen alten Kerl in der Bank abgegeben, er hatte seine Frau im Stich gelassen, und zusammen waren die beiden auf und davon, Kathleen kaum sechzehn Jahre alt.

Und das war der Beweis, dass es stimmte, was man so redete, Meg Menzies war fast gleichgültig bei dieser Nachricht, sie lachte bloß auf wie ein wieherndes Pferd und machte weiter mit ihrer Arbeit auf dem Feld und im Stall, ganz ungerührt – ja, sie wurde doch alt.

Nichts hörte man, weder von dem Mädchen noch von dem Mann, bis gut zwei Jahre später auf einmal ein Gerücht nach Tocherty drang, einer wollte sie gesehen haben – und wo wohl? Auf einem Ozeandampfer, der aus Australien kam. Als Stewardess arbeitete sie da auf dem Dampfer, und wer sie gesehen hatte, das war der junge John Robb, der zurückkam von der Farm seines Onkels dort, beinah verhungert war er drüben. Sie hatten sich erst gegen Ende der Reise getroffen, das Schiff war schon fast in Southampton, als sie sich eines Abends begegneten. Sie hatte ihn sofort erkannt, jawohl, er aber nicht sie, »John Robb?«, hatte sie gerufen, und er hatte geantwortet »Ja?« und sie misstrauisch angesehn, ob das Mensch am Ende gar Trinkgeld von ihm wollte. Aber sie hatte gelacht: »Kennst du mich nicht mehr, du Dämel? Ich bin Kathie Menzies, die du früher gekannt hast – ich bins, die mit dem Bankangestellten von Segget durchgebrannt ist!«

Ihm verschlug es glatt die Sprache, dem jungen Robb, und er glotzte, und sie gaben einander die Hände und redeten ein bisschen, aber sie hatte kaum Zeit, das Abendessen wurde für die in der ersten Klasse serviert, ja, dieses Pack, das immer essen und trinken konnte. »Wenn du je in die Gegend vom Tochertyhof kommst, dann sag doch Meg Menzies, ich komm irgendwann mal nach Haus, sie besuchen. Servus!« Und weg war sie mit ihrem Lächeln, und der junge Robb, der stand wie angewurzelt und starrte auf die Stelle, wo sie eben noch gestanden hatte, sie erschien ihm als das Schönste, was er in all den schweren Wochen gesehen hatte, seit er von zu Hause weg war.

Und das war die Kunde, die er nach Tocherty brachte, Meg saß da und hörte zu und paffte wie eine Zigeunerin, außer ihr war noch der junge Jim da und Jock und seine Frau und ihre drei Kinder, er hatte sich ganz schön verändert mit dem Ehestand, der junge Jock Menzies. Kaum hatte er Ag Grant bei sich im Bett, da fing er zu sparen an, wurde ein Geizhals, wie er im Buche steht, nach drei, vier Jahren gab er seinen Dienst auf und pachtete selbst einen großen, gut bestückten Hof, und zwei Leute dienten bei ihm. Jock war dünn geworden, wie sein Vater, aber er war noch schlimmer, sagten seine Knechte, der alte Menzies konnte wenigstens saufen und fiel dann sozusagen aus der Welt, doch der Sohn war so geizig, der könnte Rattengift trinken, ohne Schaden zu nehmen, das Gift wär ganz wie zuhaus in seinem Magen.

Ja, das war der Jock, und er saß da und hörte die Geschichte von Kath und ihrer Arbeit auf dem Schiff. »Ja, die wird immer noch ein loses Luder sein, da hab ich keinen Zweifel. Wenn sie je in die Mearns hier zurückkommt, dann wird unsereiner wohl in den Boden versinken vor Scham, wenn jemand fragt: ›War die Kath Menzies nicht deine Schwester?‹«

Und Ag, die jetzt ein schweres Trumm von Weib war, die nickte dazu, das war wohl die Wahrheit, übel war es für anständige Leute, dass sie eine in der Familie hatten wie die Kath.

Doch Meg, die saß bloß da und rauchte und sagte kein Wort, als wäre nichts davon auch nur ein Ja oder Nein wert.

Der junge Robb hatte einen Narren an Kath gefressen und er kochte fast über vor Zorn, wie er Jock reden hörte, ihn und seine Frau, die er aus der Schande rausgeheiratet hatte. Also ließ er sie stehen und machte sich wutentbrannt auf den Heimweg und wünschte sich nur eines, dass Kath heimkommen möge; durch den Sommermittag radelte er, Schnepfen riefen auf der Auchindreicher Heide, wo die Kühe standen und mit den Schwänzen zuckten, die Grampians erhoben sich im fernen Hintergrund, Kinraddie lag hingebreitet wie eine Landkarte, die Felsenkämme umhüllt vom Dunst in der Sonne. An solchen Tagen fühlte jeder, Mensch, Tier und Vogel, ein wildes, dumpfes Ziehen, als fehlte etwas und wär der Welt abhanden gekommen, und Kath war es, die in John Robbs Welt fehlte, sie hatte etwas an sich, das ließ einen an ein Haus hoch oben auf einem Berg denken.

Die Leute dachten wohl, mehr würden sie jetzt nicht mehr hören von der jungen Kath Menzies und ihren üblen Unarten. Und deshalb waren sie alle platt, als es hieß, sie sei zurück in den Mearns, sie war in Stellung in Stonehive, in einem Krämerladen, seelenruhig verkaufte sie Tee und Käse und dergleichen, ohne überhaupt rot im Gesicht zu werden vor Scham, wenn sie anständigen Frauen gegenüberstand, die ordentlich verheiratet waren und nie einen anderen als ihren Mann angeschaut hatten, und auch den nur mit zugeknöpftem Mieder.

Da sah man bloß, wie weit es gekommen war mit der Welt, dass ein Mädchen mit so üblem Ruf in einem Geschäft Anstellung fand, manche beschwerten sich beim Eigentümer, doch der schüttelte bloß den Kopf. »Ach was, sie arbeitet gut, und was sie sonst macht, das geht mich nichts an.« Na ja, da wusste man doch gleich, dass da mehr als bloß Geschäftliches im Busch war zwischen dem Mann und Kath Menzies, jawohl.

Meg hörte davon und machte sich auf nach Stonehive, fuhr ihren Ponywagen bis vor den Krämerladen. Mancher im Laden wusste, wer sie war, und hatte nicht vergessen, wie sie sich ihre Kindern vorgeknöpft hatte, wenn die sich danebenbenommen hatten, und nun warteten sie atemlos vor Entzücken. Doch Meg nickte Kath nur zu: »Du bist es also wirklich.« – »Ja, Mutter, so ist es.« – »Zwei Pfund Sirup bitte, aber sieh zu, dass er gut ist.«

Kein weiteres Wort fiel da zwischen der Kath und ihrer Mutter, Meg Menzies, die sich früher so ein Gör vorgenommen und nach Strich und Faden versohlt hätte, bevor man sichs versah. Auf dem Rückweg von Stonehive hielt sie an dem Hof an, wo der junge Robb im Dienst war, er war draußen auf der Wiese und wendete Heu, und sie nickte ihm düster zu, mit ihrem Vom-hohen-Ross-herab-Gesicht. »Was hör ich da von dir und Kath Menzies?«

Er lief rot an, war aber nicht beschämt. »Ich hab keine Ahnung – ich hoffe aber, was Schlimmes.« »Ja, so ungefähr.« – »Dann hoff ich mal, dass es wahr ist und sie mich heiratet, wie ich sie gebeten hab.«

»Ach, das hast du also schon?«, sagte Meg und fuhr heim, als gehe sie das alles nichts an.

Doch am nächsten Dienstag brachte der Postbote einen Brief von Kath an ihre Mutter auf Tocherty.

Liebe Mutter, John Robb geht nach Kanada und möchte, dass ich ihn heirate und mit ihm gehe. Ich hab ihm aber gesagt, ich gehe mit ihm und guck mir erst mal an, was er für ein Mann ist, und dann heirate ich ihn, wenns passt und wenn mir der Sinn danach steht. Aber er hat fast kein Geld und wir wollen was leihen, deshalb kommen er und

ich am Sonntag vorbei. Ich hoffe, es gibt Knödel. Deine
Tochter Kath.

Meg gab den Brief Jim, der starrte düster darauf. »Ich
weiß schon, der ganze Howe weiß Bescheid. Was willst du
jetzt tun, Mutter?«

Doch Meg zündete sich nur eine Zigarette an und sagte
kein Wort, seit dem Aufhebens mit Jean paffte sie wie
eine Zigeunerfrau. Mit dem Heranrücken des Sabbattages
bahnte sich Ungewöhnliches auf Tocherty an. Jock kam zu
Besuch, er und seine Frau, und Jeannie war bei ihm, die
den Angestellten unten in Brechin geheiratet hatte, und
sie brachte das Mensch auch mit, ein rechter Schnösel,
der wie eine Katze um den Kuhmist auf dem Hof stakste,
und als er die Geschichte von Kath hörte, von ihr und
ihrem Plan und John Robb und das alles, da war er beinah
zu Tode entsetzt, und seine Frau auch. Und Jock Menzies
guckte dumm und lachte gemein: »Ja, ungehobelt bis auf
die Knochen, von üblen Eltern würd ich sagen, wenn wir
nicht aus demselben Hause kämen. Na gut, dann wird sie
wohl nach Kanada laufen müssen, was Mutter? – wenn sie
von dir Geld haben will?«

Und Meg antwortete gelassen: »Nein, das würd ich nicht
sagen. Ich habe das Geld bereit für wenn sie kommen.«

Man konnte das weiche Klatschen der See auf die Felsen
vernehmen, so still wurde es da im Haus auf Tocherty. Und
dann krähte Jock los wie ein Hahn, der Zuckungen kriegt:
»Was, du gibst einer Geld, die macht, was sie will, und
nicht heiratet, obwohl du uns zum Heiraten gezwungen
hast? Geld für eine geben, die nicht mehr ist als eine …«

Und er benutzte einen sehr üblen Namen für seine
Schwester, und Meg saß da und schaute hinaus über die
Felder.

»Ja, genau so ist es. Weißt du, sie schlägt mir nach.«

»Wieso?«, kreischte Jeannie.

Und Meg antwortete ruhig: »Sie ist dafür gemacht, frei zu sein und ihre eigenen Entscheidungen zu treffen, genauso wie ich und genauso wie meine Entscheidungen. Keiner von euch anderen ist dafür gemacht gewesen, ihr musstet heiraten, sonst wärt ihr auf der Strecke geblieben, deshalb hab ich euch schnell verheiratet. Aber Kath und ich, wir könnens uns leisten, abzuwarten. Es kommt immer drauf an, ob man Mumm hat oder nicht.«

Dann stand sie auf und drückte ihre Zigarette aus und schaute die glotzenden Tölpel an, die sie großgezogen hatte. »Wisst ihr, ich hab euren Vater nie geheiratet. Ich wusste nie, wo ich dran war mit Will. Doch vielleicht findet unsere Kath mehr Sicherheit … Da kommt sie mit ihrem Burschen die Straße herauf.«

SIM

Was ist des Menschen Gewinn bei all seiner Mühe,
womit er sich müht unter der Sonne?　Prediger 1:4

Sim Wilson stammte von arg absonderlichen Eltern, die Mutter Arbeiterin in den Spinnereien von Segget, sein Vater ein Soldat, der von den Buren getötet wurde. Als die Todesnachricht Segget erreichte, lachte die Frau bloß – »Die Buren sind nicht die übelsten!« – und führte ihr Zigeunerleben wie bisher. Mit der Zeit wurde das ein ordentlicher Skandal in Segget, keine Frau konnte mehr ihren Mann auch nur eine Minute aus den Augen lassen, denn wenn er dieses Wilson-Mensch traf, dann wurde er gleich auf Abwege geführt von ihren dreisten grünen Augen.

Sim war höchstens fünf Jahre alt, als seine Mutter allem endgültig die Krone aufsetzte: Sie brannte durch bei Nacht und Nebel mit dem Sohn der Witwe Grant und der Hälfte von ihrem Geld, und die Leute spekulierten schon, was von beidem wohl eher draufgehen würde. Der kleine Sim blieb in einem leeren Zuhause zurück, bis seine Tante, die in einem Haus bei Drumlithie in Stellung war, Mitleid mit dem kleinen Kerl bekam und ihn zu sich holte. Sie kam ganz aufgelöst und keuchend vor Mitleid an, die Tante, ein großes schweres Stück Frau, und sie sagte zu Sim: »Du bist jetzt mein Schätzchen.« Und Sim sagte darauf: »Vielleicht – wenn du mich in Ruhe lässt.«

Fürwahr, das war seine einzige Sorge von Anfang an, ein Strolch, so faul wie die Sünde, sagten die Leute, in der

Schule so faul wie zu Hause, das war eine rechte Krankheit bei diesem übel veranlagten Kerl. Und ein unverschämtes Mensch war er auch noch, mit seinem glänzend schwarzen Haar und seinen glänzend grünen Augen, er schwänzte die Schule mehr als dass er sie besuchte, und im Sommer machte er sich davon und schlief in der Sonne im Schutz eines Strauchs oder einer Raufe für Heu. Und einmal, da war er vielleicht zehn Jahre alt, fand seine Tante ihn oben am Hang, wie er in der Hitze lag, das Kinn in die Hände gestützt, und durch das Gespinst der Ginsterzweige hinunter blickte, wo die Gespanne auf den Feldern arbeiteten. »Du unnützer Lümmel, warum bist du nicht in der Schule? Schämst du dich nicht in Grund und Boden, dass du hier stinkefaul herumliegst?«

Sim lachte nur spöttisch, er hatte kein bisschen Angst. »Nee, ich schäm mich nicht. Ich hab den Trotteln da unten auf dem Feld zugeguckt. Mich wirst du nicht dabei sehn, dass ich mich so schinde und plage, wenn ich mal ein Mann bin und im Lohndienst. Diese Trottel – die ruhen sich nicht mal aus! ... Schule? Hau doch ab, meinst du, ich wär ein Weichei?«

Und er streckte ihr die Zunge heraus und schlüpfte unter ihrem Arm hindurch, die Tante heulte fast vor Zorn, als er davonrannte. Doch fett wie sie war, konnte sie ihm nicht hinterherlaufen. Bald war Sim über die Hügelkuppe verschwunden. Den ganzen Tag lag er flach auf dem Rücken, die einzige faule Seele im ganzen großen Howe.

Die Leute sagten schon, mit ihm würde es ein böses Ende nehmen, seine Faulenzerei würde sich ihm in die Knochen fressen, und sie würden verfaulen. Doch dann, er mochte inzwischen im dreizehnten Jahr sein, da hörte er in seiner Klasse reden, dass die Belohnung für den Primus in diesem Jahr ein Pfund Sterling sein würde, und im Handumdrehn fing er an zu arbeiten wie verrückt, er machte sich fast blind des Abends vor Lesen und Schreiben und Lernen der Aufgaben, die Hügel kriegten ihn kaum noch zu sehen, höchstens hinter einem Buch. Und so faul er auch gewesen war, er hatte einen Haufen Schlauheit in sich, er wurde in diesem Jahr Primus, und der Schulmeister war hocherfreut.

»Du kannst es noch weiter bringen!«, sagte er zu dem Burschen, doch Sim lachte nur spöttisch auf seine unverschämte Art. »Ich habs jetzt satt, mich so abzuschuften für Hausaufgaben und solchen Dreck. Ich habs versucht und gelernt, dass diese Arbeit den Schweiß nicht verlohnt.« Der Schulmeister war nicht übel entsetzt, als er das hörte. »Du wirst keinen leichten Weg durchs Leben haben, fürchte ich.« Und Sim sagte darauf: »Vielleicht. Aber ich geh ihn selbst. Und ich weiß, was ich kriege, und zwar noch eh ich losgehe.«

Seine erste Stellung hatte er in Upperhill in Kinraddie. Herangewachsen war er nun, breit und gelenkig und flink, doch so faul wie eh und je und ein Grobian, den niemand mochte. Er lachte spöttisch über die Älteren und Höhergestellten in der Gesindebude. »Was, ich soll mich krummlegen für diese rothaarige Ratte? Wozu denn, kannst du mir das mal verraten? Zeig mir eine Sache, die meine Plackerei wert ist, und ich arbeite euch alle in Grund und Boden.«

Der Großknecht war ein gescheiter Bursche und der einzige, der mit Sim konnte. Sie blieben beide vier, fünf Jahre in Stellung. Sim, faul wie eh und je mit seinen blitzenden grünen Augen, der hatte mehr Ausdauer im Faulenzen wie eine Sau im Schlamm, so hieß es in der

Gesindebude. Jung und kräftig und gut gepolstert wie ein Mastschwein döste er sich durch die Arbeit auf den Feldern von Upperhill, solang man ihn in Ruhe ließ, war er auch gutmütig. Doch manchmal hielt er inne bei der Zubereitung seiner Grütze, abends, wenn ein Feuer die Bude erhellte. »Wenn man bedenkt, dass wir morgen wieder genau dasselbe tun werden!« »Was?«, sagten die anderen Burschen in der Bude dann wohl, und er sagte: »Ja, wieder Grütze zum Essen. Und den Abend drauf wieder und den Abend drauf auch. Und Tag für Tag stehn wir auf und schuften uns ab und arbeiten für diese rothaarige Ratte – und gehen ins Bett und stehn wieder auf. Wozu bloß – könnt ihr mir das verraten?«

Und wenn er eine von seinen üblen Launen bekam, dann machte er sich auf und ging runter nach Segget und trank ein, zwei Gläser in den Arms und sah sich um nach einem Baumwollspinner, mit dem er Streit anfangen konnte. Und wenn einer dort war, dann ging Sim breitbeinig auf ihn zu: »He Mann, mir gefällt nicht, wie du aus deinem Gesicht guckst. Und mir gefällt auch das Gesicht nicht, aus dem du guckst.« Der Spinner musterte Sim dann vielleicht von oben bis unten und lachte spöttisch und nannte ihn Ackertrottel, dann verpasste Sim ihm einen Schlag ins Gesicht, und im nächsten Augenblick stürzten sich alle Spinner auf Sim, und wenn er zurückkam auf die Bude in Upperhill, sah er aus, als hätte man ihn durch die Mühle gedreht. Doch wenn er dann ins Bett stieg, sagte er: »Das hat gut getan, Mann. Ich hab ganz schön für Wirbel gesorgt in dem Dreckskaff von Segget.«

Dann traf er Kate Duthie bei einem Tanz unten in Segget, ein schmales rothaariges Mädchen mit spitzem Kinn und Augen so hart-grau, als könnte man ein Streichholz daran anreißen, sie arbeitete als Magd auf dem Gutshof. Sim schaute sie an, sie schaute zurück, und im selben Augenblick war es um ihn geschehen. Er wartete, bis der Tanz vorbei war, dann fragte er: »Krieg ich den nächsten Tanz?«, und Kate Duthie sagte: »Vielleicht. Wer bist du denn eigentlich?« Sim Wilson sagte es ihr, und Kate lachte auf: »Ach, bloß ein Ackerknecht!«

Wie die Burschen von Upperhill nach dem Tanz in Segget zusammen nach Hause gingen, erzählte Sim ihnen, wie das Mädchen aus Segget geredet hatte. Der Großknecht sagte: »Was bildet die sich denn ein? Ein Ackerknecht ist nicht schlechter als irgendeine verdammte Magd.« Sim schüttelte den Kopf. »Für die meisten stimmt das, aber nicht bei ihr. Meiner Treu, Mann, sie ist eine Hübsche, und ich wünschte, ich könnte sie kriegen.«

Das war erst der Anfang der Geschichte, seine Faulheit verschwand wie der Frühnebel im Juni, fast jeden Abend war er jetzt unterwegs, trieb sich am Gutshof herum oder in Segget. Manchmal beachtete Kate ihn, manchmal nicht, sie hielt sich kühl wie ein Eiskeller. Dann, eines Abends schließlich, sagte Sim: »Ich denk ans Heiraten.« »Na, dann wünsch ich dir viel Freude«, sagte Kate Duthie. Und Sim sagte: »Ach, die werd ich schon kriegen – wenn du sie mir machst.«

Kate lachte ihm ins Gesicht und erklärte ihm offen, dass sie nicht dazu gemacht war, die Frau eines Ackerknechts zu werden und sich ihr Leben lang im Haus eines Kötters zu plagen. Sim sagte, ein Kotten brauche es nicht zu sein, obwohl er noch nie einen Gedanken daran verschwendet hatte, jeder rote Heller war bei ihm immer fürs Trinken und lose Weiber draufgegangen, für alle möglichen Grobheiten, die seiner Faulheit nicht zu sehr in die Quere kamen. Doch jetzt, mit dem grauäugigen Mädchen im Arm, hatte er dasselbe Gefühl wie damals als Junge, als er beschlossen hatte, den Schulpreis zu gewinnen. »Ich krieg ein eigenes Haus. Wirst du warten?«

Kate zuckte mit den Schultern und sagte: »Vielleicht. Das musst du schon riskieren.« Sim hielt sie im Arm und sah sie an und drückte sie plötzlich, so grob und fest, dass sie beinah aufschrie, bloß eine Minute lang, dann wars vorbei. »Du brauchst keine Angst zu haben. Ich warte, bis ich an der Reihe bin. Das ist jetzt bloß ein Vorgeschmack auf das, was ich mir nehmen werde. Wie wärs mit einem Kuss?« Sie gab ihm einen Kuss, kalt, ein flüchtiges Streifen, doch ihm war es recht, er genoss es und ließ sie los und ging beschwingt heim in Richtung Kinraddie, man hörte ihn schon von weitem singen, da war er noch auf der Straße im Dunkeln, gut eine Meile von der Gesindebude entfernt.

Guter Himmel, mit ihm ging eine Veränderung vor sich! Grütze und wieder Grütze und dann Grütze zum Fleisch. Die anderen Burschen im Stall lachten ihn aus und machten sich lustig über ihn und riefen: »Wozu das alles?« Doch Sim achtete nicht darauf, er sparte jeden Pfennig, nahm zusätzliche Arbeit an, und nach all dem Knapsen und Raffen hatte er nach zwei Jahren genug Geld gespart, um Haughgreen zu pachten.

Haughgreen liegt unten am Bach von Segget. Der Lehm der Mearns ist dort so fest, dass man sich in einer Trockenzeit wohl im Hof eines Krugmachers wähnen mag, die Ackerfurchen nur Aufwerfungen und Plättchen aus Lehm. Die Pacht war gering, obwohl das Anwesen groß war, der Hof selbst hielt zum größten Teil mit Müh und Not noch zusammen, als warte er nur resigniert darauf, von selbst über jemandes Kopf zu einem Haufen Schutt in sich zusammenzusinken. Doch Sim prahlte: »Das krieg ich schon hin!« und bekam diesen irren Blick in seinen seltsamen grünen Augen, und jeden Abend verließ er jetzt die Bude auf Upperhill und ging los, doch ging er nicht mehr zu Kate Duthie in Segget wie bisher, sondern hinunter nach Haughgreen, mit Axt und mit Säge, Zangen und Hobel und weiß der Himmel was sonst noch. In der Woche vor dem geplanten Umzug machte sich der Großknecht von Upperhill auf, um sich den Hof anzusehen, und da stand alles gerichtet und ausgebessert, das Haus mit neuer Tapete und Möbeln darin, der Stall bereit, wieder Pferde aufzunehmen, die Buchten im Kuhstall hergerichtet für Vieh – wie ein Nigger hatte er gearbeitet, dieser ungehobelte Faulpelz Sim.

Es war schier ein Wunder, sagte der Großknecht, er war froh, dass etwas Sim wachgerüttelt hatte. Sim schlug ihm auf die Schulter, dass er fast umfiel: »Tja, Mann, und wozu? Bald hab ich das Mädchen im Howe. Wie findest du das? In meinem Haus und meinem Bett!«

An diesem Abend stiefelte er hinunter nach Segget zu seinem Mädchen und klopfte an die Küchentür des Gutshauses, und Kate kam und öffnete und sagte: »Ach, du bist es!« Und Sim sagte: »Ja«, und schaute sie an, als wollte er sie aufessen. »Weißt du noch, was ich dich gefragt habe, vor zwei Jahren?«

»Was hast du mich denn gefragt?«, sagte Kate. Sie hielt nicht viel von ihm und hatte keine Ahnung, wie er sich in Haughgreen abgeschuftet hatte. Doch jetzt, wie er da in der Tür stand, legte er los, dass er jetzt ein Bauer sei, mit einem eigenen Hof, und wenn sie wollte, würde er sie jederzeit dorthin holen.

Sie starrte ihn an. »Sim, das ist nicht wahr, oder?«, fragte sie, und er sagte: »Doch, es stimmt.« Und da wars, als taute sie auf, und sie fragte ihn aus nach allen Einzelheiten, und Sim stand da und starrte die weiße Haut ihres Halses an, weiß wie Sahne, und er fühlte sich wie eine Katze und leckte sich die Lippen mit hungriger Zunge.

Da sagte sie bald »Ja«, brauchte kein Locken und Drängeln mehr, da sie sich selbst als Frau eines wackeren Bauern sah. Am Ende des Diensthalbjahrs war die Hochzeit, Sim sah an dem Tag aus, als würde er einen Engel heiraten, nicht bloß ein Mädchen mit warmer weißer Haut und engstehenden grauen Augen und einem Mund wie ein Maultier. Gewiss, das Mensch hatte für den Anlass ein Lächeln aufgesetzt und war schrecklich nett zu den Ackerknechten, die kamen. Sie tanzte mit dem Großknecht und sagte: »Du bist ein Ackerknecht? Vielleicht kann dich mein Mann in Dienst nehmen?« Und der Großknecht spuckte aus: »Na, wirklich? Leider bin ich nur etwas heikel mit der Frau Bäuerin.«

Sie würde Sim deshalb gegen ihn einnehmen wollen, das wusste der Großknecht, und er warf einen Blick auf Sim und sah, wie seine Augen an Kate klebten, hungrig und irr, mehr starrend als schauend. Auf einmal fiel ihm Sim wieder ein, dort im Stall, in der Zeit, bevor er sein Mädchen traf, wie er gesagt hatte: »Den Tag lang schuften, bloß um am Morgen wieder zu schuften! Zeig mir eine Sache, die meine Plackerei wert ist, und ich arbeite euch alle in Grund und Boden.«

Naja, dies eine hatte er jetzt, sollte es ihm zum Glück gereichen, das dachte der Großknecht, wie er nach Hause stiefelte durch den Morgendunst zur Gesindebude, die lichtlos und grau im Morgendämmer lag, er dachte an Sim, den er bei seinem hartäugigen Mädchen gelassen hatte, wenn er sie bloß nicht auffraß, danach hatte er ausgesehen.

Doch, fürwahr, sie überlebte, so war sie gebaut. Die Leute lachten sich ins Fäustchen über das, was sie von Haughgreen hörten, und schüttelten die Köpfe – kaum war Sim verheiratet, war er wieder so faul wie zuvor und nahm das Leben auf die leichte Schulter wie eh und je, trotz des Drängelns und Quengelns von Kate. Es war Zeit zu pflügen, aber nicht bei Sim Wilson, die Felder konnten sich freuen, wenn sie ihn um neun zu sehen kriegten anstatt um sechs, wenn die anderen Burschen anspannten. Und auch dann stand er meistens herum und gähnte oder saß auf dem Gatter und pfiff laut vor sich hin.

Ab und zu rief ihm jemand zu: »He, du bist aber ganz schön hinterher mit dem Pflügen!«, und er sagte: »Und wenn schon! Was solls?« Dann pfiff er wieder und starrte in die Wolken überm Howe, seine Katzenaugen blitzelten auf in der Sonne.

Zu guter Letzt machte der Großknecht sich auf und ging doch mal bei ihm vorbei, und Sim war so froh, ihn zu sehen, als wäre er nicht frisch verheiratet, sondern eher frisch beerdigt. Kate schnarrte von nebenan wie eine kranke Ratte, sie mochte den Großknecht nicht, er mochte sie nicht. Und wie er da saß und auf seinen Trunk wartete, dachte er sich, es sei mehr als wahrscheinlich, dass sie hier die Hosen anhatte.

Doch das sah er bald anders. Als die beiden mit ihrem Trunk beisammen saßen, er und Sim, da kam sie wieder an: »Es ist dunkel und Zeit, dass du die Kühe reinholst.« »Hol sie doch selbst«, sagte Sim und drehte sich nicht einmal um. »Du hast doch die Arbeit so gern, da kriegst du noch was dazu.«

Kates Gesicht flammte vor Zorn auf wie im Feuer, sie schnappte nach Luft und knallte die Tür, als sie hinausging. Dem Großknecht war es ein bisschen peinlich für das Mädchen. Verdammt, man sah, dass es nicht einfach war, mit einem faulen, groben Sonderling wie Sim verheiratet zu sein. Zusammen würden die beiden nicht lange den Herd von Haughgreen heizen.

Manchen verschlug es noch mehr die Sprache als ihm bei den Veränderungen. Kaum war es Mai, schien Sim mit einem Mal aufzuwachen, und seine Faulheit verschwand, zu allen Tageszeiten war er draußen und arbeitete auf den Feldern und schuftete wie ein Verrückter an seinen unkrautverstopften Furchen. Das Land hatte brachgelegen, deshalb war er nicht zu spät dran, und bevor die Leute noch ihre verdutzten Augen und Münder zusperren konnten, sahen sie Sim Wilson sein sprießendes Getreide mit dem Schweiß der eigenen starken Arme düngen. Er schnarchte nicht mehr im Windschutz der Ginsterbüsche und hatte auch aufgehört, gähnend an jedem Gatter stehenzubleiben.

Der Grund dafür war schnell jedem sichtbar: Kate bekam ein Kind, und zwar bald. Der Großknecht von Upperhill traf Sim eines Abends auf dem Rückweg vom Markt in Stonehive, und der Großknecht rief: »He, Mann, wie geht es dir denn?« Sim hielt an und rief zurück: »Ah, du bist es! Gut gehts, Mann, mir gehts eh gut, ich krieg, was ich will. Hast du schon gehört, was uns auf Haughgreen ins Haus steht?«

Und er erzählte dem Großknecht von dem Kind, das bald kam, als ob nicht der halbe Howe schon davon wüsste, seine grünen Augen waren ganz glasig vor Blitzeln und Glitzeln. Wenn man Sim Wilson reden hörte, hätte man meinen können, im ganzen windigen Howe der Mearns sei noch nie ein Kind zur Welt gekommen, und dies sei nun das erste. Er war ganz verrückt davon, so verrückt, wie er noch vor kurzem danach gewesen war, die Mutter des Kindes zu heiraten. Und der Großknecht wünschte ihm Glück und dachte sich dabei, dass es manche gab, die schauten wohl nach vorn, und die anderen schauten zurück, und es machte wenig aus, ob man nach Osten schaute oder nach Westen, es hieß immer arbeiten, sonst musste man sterben.

Kate ging es nicht gut, und das ließ sie jedermann wissen, doch die Hebamme sagte, das Komischste wäre, wie der dicke Sim Wilson sich benahm, das war anders als all die Väter, die sie kennengelernt hatte, und das waren ordentlich viele. Die teilten sich in drei Gruppen: Narren, arme Narren und bloß einfach verdammte Narren. Letztere waren meistens die Väter der Erstgeborenen, die wurden weich in den Knien und weiß um den Mund und all ihre Sorge galt nur der Frau. Sim Wilson war anders, mit seinen unheimlichen grünen Augen, das Kind war alles, wofür er sich von der ersten Minute an interessierte. Er hatte es sofort im Arm und liebkoste es und lachte es glucksend an, dieser närrische große Klotz – bis Kate aus ihrem Bett wimmerte: »Hast du denn kein Wort für mich übrig?« Und Sim Wilson sagte: »Hä? Zum Teufel, Kate, dich hab ich glatt vergessen!«

Das ist übel, so was zu seiner Frau zu sagen, doch so benahm sich dieser wüste Kerl nun einmal, nichts auf der Welt galt ihm so viel, wie das kleine Kind in seinen Armen zu schaukeln, und er schwor, sie hätte ihm zugeblinzelt, und war sie nicht überhaupt die Spitze! Der Großknecht von Upperhill kam vorbei, um einen Blick auf das Kind zu werfen, und er guckte das Mensch an, ein ganz normales Kind, wie eine halbgare Rübe, doch Sim saß da und starrte sie an, mit demselben Blick, den er für Kate gehabt hatte, bevor sie bei ihm im Bett lag. »Mann, ich sag dir, ich werd dem Kind ein rechtes Leben bereiten, sie wird zur höheren Schule gehen, sie wird eine Dame.«

Der Großknecht sagte, er halte Schulbildung für einen Dreck, wenn er je Kinder hätte, so würde er sie ans Arbeiten bringen. Sim lachte auf eine Art, die ihm nicht gefiel. »Findest du? Mag sein. Ich bin von andrem Schlag.«

Da ging der Großknecht und ließ ihn einfach sitzen, er war jetzt ganz schön wütend. Fünf Jahre vergingen, bis er Sim wiedersah, er zog in den Howe hinunter und ging in eine andere Stellung und heiratete selbst und hatte bald Kinder. Und manchmal fiel ihm dieser faule Grobian Sim wieder ein und seine Reden damals in der Gesindebude: »Wofür denn das alles, die Schufterei und die Sorge?« Und wie es ihn fuchste, wenn der Großknecht lachte und wusste, dass ihm wohl eine Laus über die Leber gelaufen war.

Er traf Sim zwar nicht, aber ab und zu hörte er über ihn reden und über seine Kapriolen auf Haughgreen. Die Leute erzählten, er wäre ein rechter Sklaventreiber geworden, er hatte zwei Männer im Dienst, die triezte er fast zu Tode, und sich selbst dazu, und die lange Kate obendrein – fürwahr, wenn die gedacht hatte, sie hätte sich was Gutes getan, als sie einen Bauern heiratete, und ein schönes Leben warte auf sie, dann wird sie wohl seit dem Hochzeitsmorgen manches Mal einen Stich ins Herz bekommen haben. Sim holte für sie keine Hilfe ins Haus, er wollte keine Magd in Dienst nehmen, er stand beim ersten Morgengrauen auf und rief die Männer aus ihren Betten zur Arbeit. Er schonte weder Mensch noch Tier, dieser Sim, in den vier, fünf Jahren hatte er eine Stange Geld gemacht. Doch wie eh und je hatte er ein loses Mundwerk und platzte mit allem, was er dachte, gleich heraus, egal ob es Spott war oder Prahlerei. Und jedem, der ihm zuzuhören bereit war, erzählte er, warum und wozu er schuftete wie ein Tier. »Das ist alles für meine Kleine, Mann, für meine Jean, die ist doch die Spitze. Ich werd sie aufs Internat schicken, weg von dem Dreck hier, und an nichts soll es ihr mangeln, was Geld nur kaufen kann.«

Und so war es auch. Das war ein rechter Skandal, sagten die Leute, alle auf Haughgreen aßen einfache Kost, nur das Kind wurde mit allerhand Leckereien gefüttert. Sim hatte dem armen kleinen Wurm das feinste Bett und Bettzeug gekauft, und er ließ sie kleiden wie die Kinder von Vornehmen. Man hörte ja öfters, dass Leute an ihren Kindern einen Narren fraßen, aber Sim, der war sicher der Schlimmste im ganzen Howe. Die Leute schüttelten die Köpfe, er solle doch aufpassen, das brachte kein Glück, wenn man allzu klar zeigte, dass man von einem kleinen Kind allzu viel hielt.

Und fürwahr! Die Leuten lagen nicht falsch mit dem, was sie redeten – das Kind starb nicht, es war sogar strotzend gesund, doch als das Mädchen so weit war, dass es in die Schule kommen sollte, da gingen ihnen wohl erst die Augen auf, den Leuten auf Haughgreen. Sie war arg zurückgeblieben und konnte nicht richtig sprechen und benahm sich so komisch, sie krähte ein und dasselbe Lied den ganzen Tag und starrte dabei auf die Hügel des Howe, und ihr wars ganz egal, was sie aß und welche Kleider sie trug, nur in der Sonne wollte sie liegen und schlafen.

Sim ließ einen Spezialarzt aus Dundon kommen und ließ das Kind nach Süden bringen und behandeln und untersuchen und weiß der Himmel was sonst noch. Das ging sechs Monate so, und die Kosten hätten ihn fast ruiniert, das war eine Zeit von Herzweh und düsteren Blicken auf Haughgreen.

Und er hätte sich seine Zeit und sein Geld gut sparen können, das Kind kam unverändert zurück, es war ein Trottelchen, und die Ärzte sagten es klar, sie würde ihr Lebtag bleiben wie ein Dreijähriges.

Die Leute fanden es arg, doch sie kicherten hämisch – »Ha, was wird der Narr auf Haugh jetzt wohl sagen?« Tja, ein paar Wochen lang ging er wie benommen umher, doch seine Arbeit ließ er nicht schleifen, wie es der Großknecht gedacht hatte – als er von der Sache hörte, hatte er sich gleich daran erinnert, wie Sim sich benommen hatte, nachdem er seine Kate geheiratet hatte und feststellen musste, dass sie bloß ein Engel aus ganz ordinärem Töpferton war. Doch das Schuften saß ihm jetzt in den Knochen, und er konnte nicht mehr aufhören, auch wenn er es gerne getan hätte, wie man annehmen mochte. Der Großknecht traf ihn eines Tages auf einer Auktion, so laut spottend und prahlend wie eh und je. Doch hatte er einen Blick in den komischen grünen Augen, als schaute er aus nach etwas, das abhanden gekommen war.

Er sagte kein Wort von dem Trottelchen Jean, die die Antwort gewesen war auf seine Frage: »Wofür das alles?« – Sonne, Wind und der prasselnde Regen auf seinem Gesicht. Nun würde er sich zufriedengeben wie andere auch und alles als ein großes Rätsel sehen und nicht als ein Rennen mit einem Preis am Schluss.

Dann machte die Nachricht die Runde, und man wusste gleich, warum er wegen der Erstgeborenen, der Jean, so gelassen gewesen war. Seine Frau hatte ein zweites Kind zur Welt gebracht, wieder ein Mädchen, und es war gesund und kräftig. Und kaum war es geboren, rief Sim Wilson dauernd: »Ist es auch richtig im Kopf? Ist es auch richtig im Kopf?« Der Arzt konnte es noch nicht feststellen, doch er sagte »Jaja, alles in Ordnung«, damit der Tölpel den Mund hielt.

Sim vergötterte Jess vom ersten Tag an, versprach ihr alles, was er auch Jean versprochen hatte – Jean, deren Anblick er jetzt fast genauso wenig ertragen konnte wie den seiner Frau Kate, so dürr und alt wie sie war. Sie war ganz schön eingerunzelt, die schmalhüftige Kate, bloß ihre Zunge nicht, die konnte einem wahrhaftig die Haut verätzen. Doch das scherte Sim nicht im Umgang mit seiner Tochter Jess, abends, nach dem Abstreifen der Arbeitskleider kam er in die Küche geschritten: »Wo ist meine Kleine?«, und Jess rief: »Hier!«, hübsch und flink, gekleidet wie eine Prinzessin, nichts an ihr war weich wie bei dem Ding in der Ecke, das da in sich zusammenge- sunken hockte und krähte und halb döste. Jess, die war klug und begabt und ein Liebling an der Schule, und Sim schwor, sie sollte bekommen, was sie wollte, ihr sollten Ackerland und Plackerei erspart bleiben, sie würde keinen Ackerknecht heiraten, sie würde eine Dame.

Er blutete den roten Lehm von Haughgreen aus, bis der fast weiß war, um Geld für Jess und ihr Leben herauszu- wringen, um sie ins Pensionat zu schicken und ihr feine Kleider zu schenken. Zum Teufel, er war weit entfernt von den Tagen, da er die Landarbeit verspottet hatte – »Ha, auf mich könnt ihr lange warten, holt mich nur, wenn ihr könnt, so ein Trottel bin ich nicht!«

Der Großknecht hatte ihn seit Jahren glatt vergessen, Sim Wilson den Faulpelz und seine Fantastereien, und als er wieder von ihm hörte, konnte er eines kaum glauben an der Geschichte, die im Howe schnell die Runde machte. Und dieses eine war das Alter der Tochter Jess. »Aber das Mädchen ist doch noch ein Kind!«, sagte er. Doch der Bursche, der ihn angehalten hatte, um ihm weiterzuerzählen, was er gehört hatte, sagte: »Meiner Treu, nein, Mann, sie ist achtzehn, aber mindestens. Ja, und ein loses Weib, und man kann sich nicht helfen und muss glatt lachen, wenn man bedenkt, was das dem Tölpel von Bauern auf Haughgreen für ein Schlag in die Fresse gewesen sein muss!«

An der Geschichte selbst war nichts Besonderes, solcherlei hatte es auf der Welt gegeben, seit Menschen darauf waren, und davor sicher auch schon, ganz bestimmt, sonst hätte diese ganze üble Plackerei erst gar nicht angefangen. Aber dass es dem Herzenskind von diesem Sim passiert war! Jess, der Studentin, so hochtrabend und adrett, dem Mägdlein, das ihm all diese Jahre Antwort gewesen war auf die Frage: »Wozu das alles?«

Sie hatte ihre Schande schon lange mit sich herumgetragen, und wer ihr schließlich auf die Schliche kam, war das Trottelchen. Eines Abends, als der alte Sim vom Feld heimkam, hatte das Trottelchen auf ihre Schwester Jess gezeigt und gekichert und gelallt und sabbernd Geräusche ausgestoßen. Sim hatte ihr gut zwanzig Jahre keine Beachtung geschenkt, doch jetzt war etwas an ihren Verrenkungen, das ihn aufmerken ließ. »Was soll das heißen?«, schrie er mit zornigem Blick auf seine Frau, die alte Kate mit ihrem dürren Gesicht und dem grauen Haar.

Doch Kate wusste auch von nichts, sie starrte Jess an, die mit rotem Gesicht am Kamin saß. Und wie sie so starrten, sprang Jess weinend auf und rannte hinaus, und sie sahen klar genug, wie es um sie stand, blind waren sie gewesen.

Der alte Sim stöhnte wie ein altes Pferd, wenn man es das letzte Stück Steilheit bergauf treibt, und er stand da und glotzte das Trottelchen an, Jean, die kicherte und sich freute wie ein Kind, wie etwas vor langer Zeit aus seinem Leben Abhandengekommenes, dort in der Küche, der stillen, indessen das Taglicht schwand.

GLASGOW

Glasgow gehört zu den wenigen Orten in Schottland, die sich nicht personifiziert darstellen lassen. Edinburgh im Bild der enttäuschten Jungfer mit Hasenscharte und Hemmungen kommt der Wahrheit wenigstens ungefähr so nahe, wie eine Darstellung des Obersten Drahtziehers als levantinischem Semiten. Ähnlich ist es mit Dundee, einem Trumm von Fischersfrau, die sich Gin und Kindsmord verschrieben hat, und Aberdeen, einer schmallippigen Bäuerin, die elf zur Welt gebracht und neun begraben hat. Doch kein schottisches Personenbild kann auch nur annähernd eine Darstellung des Wesens von Glasgow vermitteln. Man kann weiter schweifen, sich in die gepeinigten Vorstellungen der asiatischen Phantasie begeben, um ein Bild zu finden, das Glasgow entspricht: Der vielarmige Shiva, mit einer Kette aus Schädeln gegürtet, oder Xipe Totec im Alten Amerika, dessen Priester die Opfer bei lebendigem Leib häuteten, um sich dann in die Haut des Opfers zu kleiden ... Eine anthropomorphe Darstellung an sich scheint überhaupt unmöglich. Das Ungeheuer von Loch Ness ist wahrscheinlich Glasgows verlorene Seele, die sich, gehörnt und mit Schuppen bedeckt, in den Highlands vergnügt, nachdem sie den leblosen Mutterkörper vollends und endgültig verlassen hat.

Man kann es ihr nicht verübeln. Mein entfernter Cousin Mr Leslie Mitchell hat Glasgow in einem seiner Romane einmal als »das Erbrochene eines kataleptischen Kommerzialismus« bezeichnet. Doch das trifft es nicht ganz. Es mag eine Leiche sein, doch der Madenschwarm darauf ist von einer rasenden Lebendigkeit. Man kann kaum den endlosen stampfenden Verkehr die Sauchiehall Street hinunter beobachten und hören oder an der Kreuzung von St Vincent Street und Renfield Street zusehen, wie er geifernd schäumt und Wellen schlägt, ohne zu begreifen, welch gute Gründe der altmodische Anthropologe wohl hatte, als er annahm, der Mensch sei von Natur aus ein grober Wilder, ein Herdentier mit Freude an vokalen Dissonanzen und orgiastischen auralen Ausschweifungen.

Loch Lomond liegt nicht weit von Glasgow. Nette Glasgower fahren im Automobil dorthin, bewundern die Landschaft und berechnen ihre Pferdestärken und schmeicheln einander in vornehm anglisiertem Glasgower Idiom. Nach einem raschen Blick auf Glasgow täte ein Feldforscher gut daran, sich auch als einer dieser obigen Sorte zu maskieren, nach Loch Lomondside zu fahren und über das Wasser auf die treibenden Wolken zu starren, die den Ben krönen, auf die Farben, die auf seinen nebligen Hängen auf und ab fließen und spielen und dunkler werden und wundersames Leuchten ausstrahlen, während über weite Gebirgsstrecken die Nacht näherkommt, über Berge, die nur den Laut der weichen Pfotenpolster des scheuen irrenden Hasen kennen, das sausende Flattern und den Schrei des aufgeschreckten Fasans, eine Stille, so tief, dass man hört, wie der Mond aufgeht, Morgen, die so grau sind, als seien sie der Nordischen Mythologie entwendet. Das ist das Land, von dem aus man Glasgow betrachten muss, um Schrecken, Scham, Bewunderung oder aufrichtige Angst abzustreifen und zu fragen: Warum? Warum haben Menschen das zugelassen, wie konnten sie sich etwas so Anstößigem und Üblem versklaven, wenn hier *dies* auf sie wartete: die Hügel, die Herrlichkeit von Freiheit und Stille, die saubere Herrlichkeit von Hunger, Pein und Angst in Wind und Regen und den Hungersnotzeiten der Erde, vom Jagen und Lieben und dem Ruf des Mondes? Nichts, was die Primitiven zu ertragen hatten, die einst auf diesen Hügeln umherschweiften, nichts von ihrer Pein und ihren Schrecken konnte in Intensität und Art an das Leben heranreichen, das in den Höfen und Gängen und Hintergassen von Camlachie, Govan und den Gorbals schwärt.

In Glasgow leben über einhundertfünfzigtausend Menschenwesen unter Bedingungen, wie sie der noch so bitterlich unterdrückte Primitive von Tierra del Fuego je mit eigenen Augen gesehen hat. Man lebt zu fünft oder sechst in einem kleinen Raum … Und wenn man hier so sitzt und Ben Lomond betrachtet, bedarf es einiger Überwindung und eines heftigen Rucks, damit man sich die Beschaffenheit eines solchen Raumes vorstellen kann. Es ist kein Raum in einem großen hellen Gebäude, es ist keine Einzimmerhütte auf einer Hügelkuppe, es ist keine in freien Felsen gehauene Höhle im Klang der Meeresvögel wie jene alte Azilianische Höhle in Argyll – es ist ein Zimmer, das Teil einer heruntergekommenen großen Schlampe von Zinshaus ist – und dieses Zinshaus wiederum steht in einer Reihe oder Gruppe mit hunderten gleicher Genossen, die Fenster verschmiert vom unablässig wogenden, treibenden Kohlenstaub, die Treppen eng, steil und besudelt, der Abendhauch, den sie verströmen, könnte aus dem Maul eines lungenkranken Tieres kommen. In diesem öden Dschungel von Gestank und Krankheit und Hoffnungslosigkeit essen und schlafen und paaren sich und zeugen und empfangen die Hundertfünfzigtausend und kommen ins Leben gekrochen, Untermenschen so gewiss wie Wells' Morlocks, doch nicht einmal mit dem Trost versehen, dass sie sich vom Fleisch ihrer Bedrücker ernähren können.

Einhundertundfünfzigtausend … und alle uns ganz ähnlich – dir und mir und dem Feldforscher, die wir entsetzt am Ufer von Loch Lomond sitzen (wo letzterer und seine treue Liebste einander nie wiedersehn). Und die Nahrung der Hundertfünfzigtausend ist nicht besser als Abfall, schlecht gekocht und schlecht gegessen mit rasch verfaulenden Zähnen, denn Zahnpflege können sie sich nicht leisten. Sie arbeiten – falls sie überhaupt Arbeit haben – in Fabriken und Hochöfen oder im übel dröhnenden Dunst des Hafens fronerfüllte, düstere, phantasielose Stunden lang, Stunde um Stunde, Tag um Tag, vergeuden die Substanz ihrer Körper und den Stoff ihres Geistes; oder sie sind arbeitslos – wie unzählige von ihnen – und dazu verflucht, lange Tage ins Leere zu starren, sich ohne Schuhwerk und vor Kälte zitternd in schmutzigen Durchgängen vor den zinseintreibenden Handlangern der Hausbesitzer in Verstecke zu drücken, verzweifelt beim Arbeitsamt und bei öffentlichen Hilfsausschüssen zu betteln, all diese Stimmen von Männern und Frauen, die allen Mannseins und Frauseins beraubt sind …

Den Feldforscher an Loch Lomondside schaudert es, und er wendet sich der Kultur zu, um darin Trost zu finden. Natürlich hat er auch *The Modern Scot* abonniert, wo Kultur dritten Grades – kastriert, ausgeweidet und vornehm vulgarisiert – in jeder Saison wieder frisch serviert wird, und er hat jetzt auch sein Exemplar dabei. Eine Folge von Mr Adam Kennedys Fortsetzungsroman *The*

Mourners ist darin, ganz im Stil vornehmer Objektivität. Eine seiner Romanfiguren hält sich gerade in Kelvingrove in Glasgow auf und genießt das Wesen des Ortes:

»Johns Augen ergötzten sich an der Großzügigkeit des Straßenzugs, der einen Halbkreis bildete, an der strengen Rundung der geschlossenen Fassadenreihe, der soldatischen Ordnung der Schornsteine, den bis zum Boden reichenden Fenstern, den verschwenderisch ausladenden Vordertreppen, den feudalen Souterraingeschossen – an all dem ergötzten sie sich in der glitzernden Hitze des Tages, so wie seine Nase sich an der frischen Morgenkühle ergötzt hatte. Ein Spaziergang an diesen alten Häuserreihen entlang tat ihm ebenso gut wie der Besuch einer Kathedrale. Dann und wann konnte er sich vorstellen, er habe etwas von der Atmosphäre der Glanzzeiten dieser Straßenzüge in sich erwachen gefühlt. Damals war die Welt sich ihrer selbst gewisser, gewisser auch der Fähigkeit des Menschen zur letztendlichen Vervollkommnung, gewisser seiner Fähigkeit, die Herrschaft über die Kräfte zu erringen, die ihn umgaben. Und auch wenn Atlas damals die Welt nicht mehr sicher auf seinen Schultern trug, ruhte sie trotzdem noch fest auf ebendieser Grundlage der Soundsoartigkeit der Dinge. Mit einer solchen Grundlage konnte man diese Selbstgewissheit haben, aus der heraus man die Dinge im Allgemeinen so machen konnte, wie sie schon seit langem gemacht wurden. Das moderne Denken hingegen war nicht einmal mehr in einem Vierzimmerbungalow seiner selbst gewiss. Sein Stolz war die Aufsplitterung der eigenen Persönlichkeit in Schwärme koboldiger Teufelchen, die ihre Zeit damit verbrachten, einander auszuspionieren. Er konnte nie mehr so recht aus sich heraustreten, nie die Objektivität erlangen, die zu einem so großen Wurf einer Planung fähig war wie in diesen Straßen.«

Glasgow spricht. Die Hundertfünfzigtausend bekommen eine Antwort. Glasgow hat gesprochen.

Das ist tatsächlich die Haltung der Stadt, nicht nur die fade Molke des Intellektualismus, wie er *The Modern Scot* kennzeichnet. Der Glasgower Bourgeois pflegt ästhetische Objektivität so, wie glücklichere Menschen Bärte oder Gärten pflegen. Wohlerzogene Leute aus Kelvingrove weisen darauf hin, dass es diese Hundertfünfzigtausend … doch eigentlich ganz gut haben! Kostenlose Schulbildung, niedrige Mieten, keine Abgaben, staatliche Zuschüsse – ja in der Tat, die Hälfte von ihnen bekommt eine staatliche Rente! Außerdem mögen sie es doch so, wie sie leben, zum Teufel – oder sie sollten es jedenfalls. Immer machen sie Aufstand wegen der Bedingungen, in denen sie leben. Nicht dass sie selbst Aufstand machen, das ist das Werk der Kommunisten, bezahlter Agitatoren aus Moskau. Doch die haben schon lange keinen festen Stand mehr. Sollten sie jedenfalls nicht –.

In diesen Zeiten des Nationalismus, des Douglasismus (jenem genialen Verfahren für Geburt ohne Schmerz und auch – was noch faszinierender ist – ohne Kind), des Sozialismus, des Faschismus bringt mich Glasgow wie kein anderer Ort dazu, eine Glaubenserklärung abzugeben. Ich habe mir mit allen möglichen politischen Bekenntnissen die Zeit vertrieben – je unerhörter, desto besser. Mir gefällt die Vorstellung einer Schottischen Republik mit schottischen Grenzlern in safrangelben Kilts – der Gedanke an diese Kilts kann mich mitten in der Nacht vor Entzücken erwachen lassen. Mir gefällt die Vorstellung, dass sich unter der Führung von Miss Wendy Wood ein Schottisches Expeditionskorps nach Westminster aufmacht, um den Scone Stone zurückzufordern: Ich würde auf jeden Fall im Korps mitmarschieren, selbst auf die Gefahr hin, dass ich mich unterwegs totlachen würde. Mir gefällt auch die Vorstellung eines katholischen Königreiches der Schotten mit Mr Compton Mackenzie als Premier unter einer ausgebuddelten jakobitischen Majestät, während alle schottischen Intellektuellen auf dreißig-Morgen-Pachten angesiedelt oder nach St Kilda verschickt sind, um die Insel zum Wohle ihrer Seelen und der Nation neu zu besiedeln (abzüglich der Hunderte, die beim Anblick dieses Schottlands ihrer Träume in panischer Flucht über die Grenze strömen würden). Mir gefällt die Vorstellung der Wiederbelebung alten schottischen Adels, der von Mr George Blake, diesem Ephor des Volkes wieder in eine Rangordnung gebracht würde: Mr Blake beim Einlegen des Veto gegen den Duke of Montrose ist eine meiner bevorzugten Visionen. Mir gefällt die Vorstellung, dass die schottischen Faschisten alle Personen mit irischem Blut in den Adern aus Schottland ausweisen würden, womit das ganze Albion bald völlig menschenleer und ausgestorben wäre – von ein paar irenfreundlichen Pikten wie mir einmal abgesehen. Mir gefällt auch die Vorstellung einer Schottischen Sozialistischen Republik unter Mr Maxton – vorzugsweise im Krieg mit dem königstreuen England, wobei Mr Maxton die Rote Armee aus Russland zu Hilfe holen würde. (Die Rote Armee würde von Archangel nach Aberdeen einen Geheimtunnel graben). Und mir gefällt die Vorstellung, dass Mr RM Black mit seiner modernen Mafia, den mysteriösen Free Scots, alle Bankleute umbringen würde (denn dazu sind Bankleute ja da).

Doch mit solchen Phantasien kann ich mir nicht vergnüglich die Zeit vertreiben, wenn ich an die Hundertfünfzigtausend in Glasgow denke. Sie lassen jedes Salongeplauder verstummen. Ich stelle fest, dass ich bin, indem ich selbst ein Intellektueller bin. Ich treffe und unterhalte mich mit vielen Leuten, die sich für Kunst und Literatur und Musik und für den einen oder anderen Aspekt von Kunsthandwerk und Architektur interessieren, Männer und Frauen mit in der Tat sehr aufrechtem und von Herzen kommendem Glauben, was die alte Kultur Schottlands betrifft, Leute, für die Glasgow das Hunterian Museum mit seiner schönen Sammlung römischer Münzen ist oder die Kunstmuseen mit ihren ebenso schönen Gemäldesammlungen. »Kultur« ist das Motiv-Wort der Unterhaltung: alte schottische Kultur, zukünftige schottische Kultur, Kultur ad lib und ad nauseam … Geplapper, das mir ebenso geläufig von der Zunge geht wie ihnen. Und für das Schicksal und die Existenz jener Hundertfünfzigtausend hat es nicht mehr zu bedeuten als das Kreischen und Kratzen einer Horde Affen, die in einer Grube auf einem Leichenhaufen sitzt.

Nichts in Kultur oder Kunst ist so viel wert wie das Leben und ein Grundmaß an Glück auch nur eines der Tausende von Menschen, die in den Glasgower Slums zugrunde gehen. Auch nichts in Wissenschaft oder Religion. Wenn es – was gut möglich ist – zu dem abenteuerlichen Punkt käme, dass man sich entscheiden müsste zwischen einem freien unabhängigen Schottland als kulturellem Zentrum und leuchtendem Stern künstlerischer und wissenschaftlicher Errungenschaften und der Versorgung des bedrängten Proletariats von Glasgow und Schottland mit den grundlegenden Sicherheiten von Nahrung und Obdach, dann hätte ich zumindest nicht den geringsten Zweifel, auf welche Seite des Kampfes ich mich schlagen würde.

Um den Preis der Bereinigung dieses Grauens würde ich sogar – wenn sie dazu in der Lage wären – die Engländer willkommen heißen, mit Schottland in Suzeränität bis ans Ende aller Zeiten. Ich würde das Ende von Hochschottisch und Gaelic, von unserer Kultur und unserem Status als Nation unter den Stiefeln einer chinesischen Besatzung in Kauf nehmen, wenn es bedeuten würde, dass die Slums von Glasgow bereinigt und den Bewohnern dieser Unterwelt Brot und Spiel gewährt würden, diese Grundrechte eines jeden menschlichen Wesens ...

Ich begreife nun (auf der fülligen Modernität des *Modern Scot* neben meinem Feldforscher am Ufer von Loch Lomond sitzend), wie vollends ich der vollendete Philister bin. Ich habe immer eine Vorliebe für die Philister gehabt, ein löblicher, huldvoller und säuberlicher Menschenschlag. Sie haben saubere Städte mit breiten hellen Straßen gebaut, sie ergötzten sich am Gesang guter, einfacher Lieder, an Jagd und Liebe und der Verehrung verständlicher und relevanter Gottheiten. Sie leuchteten hell im Osten der Antike und führten ein schlichtes, glückliches, sorgloses Leben, in dem der grandiose Klang von Trompeten sie dann und wann zu beschwingter Orgie aufrief ... Und über ihnen, in den Hügeln, in Jerusalem, da lebten die Israeliten, ungewaschen und ungeniert, entsetzt von der reinlichen Anarchie als Essenz des Lebens, bedrückt von grauslichen Ängsten vor Leben, Tod und Zeit. Schlichte menschliche Vergnügungen ordneten sie wahnwitzigen Diskussionen unter – über Recht und Gerechtigkeit, das Rechte Leben, die Seele des Menschen, den künstlerischen Kanon, den Urgrund, das Nationalethos, die Triebkraft menschlichen Verhaltens und ästhetische Ansätze – und all den anderen schmutzigen kleinen Spielzeugen, mit denen schmutzige kleine Menschen in schmutzigen kleinen Höhlen gerne spielen, während sie sich in überheblichem Schauder abwenden vom Heulen des Windes und der Kraft der Sonne auf den Hügeln draußen ... Eine der größten Tragödien der antiken Welt war die Tötung Goliaths durch David, einen dämonengetriebenen Knirps vom Dorf, der den Philister aus dem Hinterhalt umbrachte, während dieser (mit einem anständigen Frühstück im Bauch) den Sonnenaufgang bewunderte.

Die Nicht-Philister bewundern keine Sonnenaufgänge. Sie bewundern auch kein gutes Frühstück. Ihr Ideal ist der Halbverhungerte bei Sonnenaufgang, dessen Handlungen und Erscheinungsformen sie mit der entsprechenden ästhetischen Distanz verzeichnen können. Für eine frühere Glasgower Intellektuellengeneration war Jozef Israëls' »Frugal Meal« ein Lieblingsbild in den Glasgower Gemäldegalerien. Sogar der moderne Intellektuelle hält einen vor dem Bild fest, man solle doch das *chiaroscuro* bewundern, die subtilen Schatten und Haltungen. Doch man merkt, dass er lügt. Er ist nur ein verklemmter kleiner Sadist, und sein Genusskonzentrat sind der Hunger, der Schmutz und die Hoffnungslosigkeit der beiden Gestalten auf dem Bild. Das nennt er »nüchterne Hinnahme des Lebens«.

Gelegentlich jedoch verspürte der Philister vergangener Zeiten eine Regung des Bedauerns, den blassen schwindenden Schatten einer Vorstellung, dass ein Leben in Einfachheit die Essenz des Lebens sei. Also malte er einen Mann oder eine Frau, nur an den weniger beschämenden Körperteilen nackt (allerhand unglaubliches Gebüsch wurde aufgeboten, um die Schamstellen der Genitalien zu verdecken), und nannte dieses Bild dann nicht »Gehen« oder »Umherstreifen« oder »Starren« oder »Schlafen« oder

»Gelüsten« (worum es meistens ging), sondern »Licht« oder »Erkennen« oder »Der Chor« und weiß der Himmel was sonst noch. Ein Millais in der Gemäldegalerie von Glasgow ist ein hervorragendes Beispiel, das weder Sie, der Leser, noch mein Feldforscher auslassen sollten. Das ist des Nicht-Philisters besinnliche Vorstellung vom »Einfachen Leben« (immer großgeschrieben) – ein braver junger Bursche im Lendenschurz, der sich gerade anschickt, mit einer Astgabel Zielwerfen zu spielen. Doch anstatt dieses Bild wahrheitsgemäß »Porträt eines schüchtern tuenden Intellektuellen beim Pfadfinderspiel« zu nennen, heißt es (natürlich) »Der Vorläufer«.

Der Bourgeois kommt dieser Tage mit schwerem Schritt und von Zweifeln gedrückt nach Hause in sein Heim in Kelvingrove, Woodsidehill, Hillhead und Dowanhill. Die Schiffswerften schweigen, die Kräne darin rosten am unverschmutzten Wasser, in Springburn nimmt die Zahl der leeren Fabriken zu und verdoppelt und verdreifacht sich, die Fenster in Bridgeton und Mile End starren blind, die Werkstore sind verriegelt. Der Kommerzialismus ist zu oft und zu lange zu seinem eigenen Erbrochenen zurückgekehrt, um darin Nahrung zu finden. In Glasgow (und anderswo) nennen sie diesen Zustand »die Krise«, beschwören nach Art eines Christian Scientist den Optimismus als Weg zur Heilung, obwohl eigentlich Rizinusöl dringend indiziert wäre. Doch mehr als an jedem anderen Ort der modernen Welt des Kapitalismus wird der unvoreingenommene Feldforscher feststellen, dass die Rettung nicht in Medikamenten oder Massage liegt, sondern in einer Operation … Die Ärzte (so vernimmt er) sammeln sich auf dem Glasgow Green für die Samstag-Sonntag-Diagnose, und also begibt er sich auch dorthin.

Doch dort (wie anderswo) sind die Doctores unterschiedlicher Meinung – ganze Scharen von Doctores, umringt von den Angehörigen des leidenden Patienten. Nach einer kurzen Visite bei den einzelnen Ärzten steht für den Feldforscher eines fest: Operationen sind unbeliebt. Der einzige Chirurg, der sich laut äußert, ist natürlich der Kommunist. Um ihn sind wenige versammelt. Etwas größer ist das Gefolge von Mr Guy Aldred, Außerparlamentarischer Anarcho-Kommunist, der verspricht, weder Arznei noch Skalpell zum Einsatz zu bringen, dafür jedoch das Evangelium nach dem Heiligen Bakunin predigt. Da ist der orthodoxe Sozialismus, rotwangig und kräftig, mit den Spolien des jüngsten Glasgow-Corporation-Schwindels in der Tasche, der allseits beliebte, scharfzüngige Arzt – mit festem Gehalt – ist begeistert und optimistisch: Pillen? Unfug! Operation? Moskovitische Barbarei! Was wir brauchen, um die sprießenden Pusteln vom lieblichen Antlitz des Kommerzialismus zu entfernen, ist nur eine leichte, fettfreie Salbe (die keine Flecken auf den Bettlaken hinterlässt). Ganz in der Nähe steht der Faschist. Der Feldforscher, dessen Ausbildung ihn gelehrt hat, den Neandertaler aus der direkten Linie zum Homo sapiens auszuschließen, bestaunt die völkerkundliche Untersuchungsmethode: Diagnose: Blutarmut. Therapie: Aderlass. Ein Nationalist schwingt gleich daneben seine Reden: Was der Patient braucht, ist nicht mehr Nahrung, frische Luft, ein anständiges eigenes Zimmer und eine anständige eigene Seele – Nein! Was er braucht, ist die Luft, die er seit zweihundertundfünfzig Jahren nicht mehr geatmet hat – speziell von der Nationalpartei Schottlands gewonnen und in Gläsern eingemacht (und in unbeschrifteten Lastwagen angeliefert) … Ein Separatist ergießt seinen Spott über das Ansinnen der Nationalisten. Was der Patient braucht, ist: Trennung. Trennung von England, von englischer Rede, englischen Manieren, englischem Essen, englischer Kleidung, englischer Küche und englischer Vernunft. Dann wird es ihm besser gehen.

Geht jetzt auf duster, sagt man in Schottland außerhalb Glasgows. Und aus den Gorbals steigt wieder dieser üble Gestank auf wie der Atem eines verendenden Tieres.

Man wendet sich vom Glasgow Green ab, entschlossen, diese Gorbals jetzt auf eigene Faust zu besichtigen. Es ist unglaublich un-schottisch hier. Es ist liebenswert und ungeheuerlich und entzückend und entsetzlich un-schottisch. Es ist nicht mal ein schottischer Slum. Untersetzte Männer mit Bärten und Schläfenlocken und in unansehnlicher Tracht sitzen behäbig und schreiten aus mit spitzen Schuhen. Ruth und Noemi gehen vorbei, die orientalischen Gesichter gesenkt, der südasiatische Lascare streift den Syrer, Harry Lauder ist ein Baal, der mitternächtlichen Sterne unkundig. Der Gestank in der Luft ist anders als in Govan oder Camlachie – von besserer Art. Ohne Dreck und Vergeblichkeit und heillose Langeweile. Hier weht ein alter Geist von Güte und Grobheit, sonnendurchwärmt und unter fremden Sonnen gereift. Es ist das rettende Elendsviertel von Glasgow und zugleich das am meisten verwahrloste. Während der Feldforscher wieder aus ihm emporsteigt, wird ihm plötzlich klar, warum er vom Glasgow Green in solcher Hast zu diesem Viertel gestrebt ist: Er wollte sich davon überzeugen, dass es wirklich und wahrhaftig noch andere Rassen auf der Erde gibt als die Schotten.

So lange schon wollte ich über das schreiben, was ich jetzt schreiben möchte, nur hat mir bisher der Vorwand gefehlt. Glasgow liefert ihn nun: Es geht um Nationalismus. Um kleine Nationen. Welch ein Fluch für die Welt sind kleine Nationen! Lettland, Litauen, Polen, Finnland, San Salvador, Luxemburg, Mandschukuo, der Freistaat Irland. Und es gibt noch unzählige mehr – eine erschreckende Anzahl abstoßender kleiner Ausschnitte des Globus, die von Gruppierungen plappernder kleiner Schwachköpfe besetzt und infiziert sind – militante Plapperer zum Thema – dem nie endenwollenden – ihrer exklusiven Kulturen, ihrer exklusiven Sprachen, ihrer nationalen Seele, ihres nationalen Genies, ihrer einzigartigen Leistungen im Gurgeldurchschneiden anlässlich des einen oder anderen kleinen Gezänks in der Vergangenheit. Räudige kleine Köter beim Kläffen über ihren winzigen Schätzen verschrumpelter Knochen, sie lassen nur dann vom Anwinseln der Passanten ab, wenn sie sich in den Bürgerkrieg der Flohjagd aufmachen. Von all den verwünschten Abkömmlingen des Weltkriegs war dieser Wurf zwergenhafter Promenadenmischungen sicher der schlimmste. Die Südiren aus der Mittelschicht waren nie angenehm im Umgang, seit sie ihren Freistaat haben, lässt das Rülpsen ihres Stolzes im Akzent der unhygienischen Mundart den unglücklichen Irischen Channel wie eine Sickergrube wirken. Nachdem sie jahrhundertelang England für jedes Unglück verantwortlich gemachten hatten, haben sie nun ihre Unabhängigkeit erlangt, nur um sich sogleich außerstande zu sehen, diese Unabhängigkeit auf dem einzigen angezeigten, auf der Hand liegenden Wege sicherzustellen, nämlich durch Sozialrevolution. Stattdessen: Wiederbelebung der gälischen Sprache, Verdatterung einer unglücklichen Welt mit ungehobelten Rechtschreibregeln, Titeln und Briefmarken; Wiederbelebung der

Blutrache, Wiederbelebung des verrotteten literarischen Kultus, der (wie die meisten Erzeugnisse des Kelten) schon zu seinen eigentlichen Lebzeiten eine Verirrung war und im toten Zustand einen sehr dürftigen Dünger abgab … Oder Finnland, das kommunistenmordende Finnland, regiert von deutschen Generälen und den mitteleuropäischen Hochöfen, das der abgerissenen Bevölkerung die Wiederkehr seiner alten literarischen Kultur predigt und wie ein seniler Achtzigjähriger mit der Erwartung seiner zweiten Jugend prahlt …

Und uns heißt man nun Gleiches zu tun:

»Denn wir sind nicht nur da gegen englischen Einfluss, wo sich dieser in politischer Oberherrschaft und finanzieller und ökonomischer Oberkontrolle manifestiert, sondern auch gegen jedweden englischen Einfluss in allen Bereichen – oder sollten es jedenfalls sein. Nicht nur muss die englische Oberherrschaft abgeschüttelt werden, es muss auch heißen: Raus mit englischen Erziehungsmethoden, mit englischen Kleidermoden, englischen Vorbildern in der Kunst, englischen Idealen, ja allem Englischen. Alles, was englisch ist, muss raus.«

So schreibt ein gewisser Herr Ludovic Grant in *The Free Man*. Man merke auf das, was der Schotte aufgeben soll: Die englische Sprache, dieses liebliche und biegsame, dem ernsteren Hochschottisch so verwandte Instrument, das seit tausend Jahren des Schotten Denkwerkzeug ist. Englische Erziehungsmethoden, die von deutsch-französisch-italienischen Vorbildern abstammen. Englische Kleidermoden, erfunden in Paris – London – Edinburgh – Timbuktu – Kalkutta – Chichen-Itza – New York. Englische Modelle in der Kunst, Nacktmodelle zweifellos auch. Schottische Modelle müssen in Zukunft drei Paar Arme und einen

Bauchnabel in Gestalt eines aufgerichteten Löwen vorweisen können. Englische Ideale wie: Anstand, Freiheit, Gerechtigkeit, Ideale, die im Geist des Menschen angelegt und dem Bantu ebenso vertraut sind wie dem Mann aus Kent – auch diese soll er aufgeben. Die hundertfünfzigtausend Bewohner der Glasgower Elendsviertel werden großen Nutzen aus dem Wissen ziehen können, dass in den Arbeitsvermittlungen und Öffentlichen Beihilfeausschüssen, von denen sie brutalisiert und ausgehungert werden, ausschließlich Gälisch sprechende und Haggis essende Schotten in gelben Kilts und Laschenschnürschuhen arbeiten, erfüllt von so typisch schottischen Idealen wie beispielsweise denen, in deren Namen Menschen vor rund hundert Jahren noch in den Minen von Fife als Sklaven in Ketten gehalten wurden.

Die Rettung von Glasgow, von Schottland, von der ganzen Welt, liegt weder im Nationalismus noch im Internationalismus, diesen Zwillingshälften eines schwachsinnigen Ganzen. Sie liegt letztendlich im Kosmopolitanismus, in dem die Erde die Stadt Gottes ist, Brahmaputra und die Osterinseln so frei und dem Menschen von Govan so vertraut sind wie dem von Molendinar und Bute. Eine Zeit wird kommen, in der die selbstgedrechselten hochtrabenden Unterscheidungen in Schotte, Engländer, Franzose und Spanier so lächerlich wirken werden wie die infantilen Käbbeleien der Heptarchen. Eine Zeit wird kommen, in der der Nationalismus gemeinsam mit anderen kulturellen Verirrungen aus dem Denken des Menschen getilgt ist, wenn der Mensch, wieder frei und aller Ketten ledig, die ganze Erde als Fußschemel hat, seine Epen in einer Sprache singt, die aus den besten der Erde gewirkt ist, seine Helden, seine Sonnenaufgänge, seine Täler und Berge aus allen Falten unseres schönen Planeten bezieht ... und uns will man heißen, diese Vision zugunsten des Entzückens eines archaischen Affenstarrsinns, einer groben Barbarisierung aufzugeben!

Ich bin nur in dem Sinne ein Nationalist, in dem ein vernünftiger Heptarch ein Wessexer oder Mercianer oder sonstwas war: eine vorübergehende, opportunistische Identität. Ich glaube, das Hochschottische wird eines Tages nicht nur dem Englischen sondern auch der vervollkommneten Sprache des Kosmopoliten schöne Licht- und Schattenakzente verleihen: deshalb pflege ich es, zumal die perfekte Sprache ja erst noch entstehen muss. Ich glaube, Schottland und insbesondere sein Glasgow nach den bitteren Zwängen des wirtschaftlichen Kampfes, werden die Gelegenheit haben, lange vor England eine Freiheit zu gewinnen, die Vorbereitung und Anpassung an jene kosmopolitische Freiheit sein wird. In diesem Sinne bin ich als kosmopolitischer Opportunist in gewissem Sinne Nationalist. Doch jederzeit wäre es mir lieber, auf persisch Exilantenromane über das Kap der Guten Hoffnung zu schreiben, als Mitglied eines homogenen literarischen Kultus zu sein (um noch einmal die heuchlerische Phrase der heutigen Zeit zu zitieren) und ewig auf gleicher Tonhöhe zu leiern – ob es um die unappetitlichen Reaktionen auf Tod seitens eines Kelvingrover Bourgeois geht, oder um des Ben Lomond eulenhaftes Starren durchs Gewölk, fast, so möchte man meinen, einem Walross ähnlich, das durchs Gewirr seiner Schnauzbarthaare glotzt.

Dieser schottische Shiva selbst, der seine vielen Rauchwolkenarme gegen die heraufziehende Dunkelheit schwenkt, kann sich doch wenigstens an der Erinnerung an eine Begebenheit erfreuen: In einer Regennacht vor sechshundertfünfzig Jahren stapfte eine kleine Gruppe Männer, selbstlos, verzweifelt doch umsichtig geführt, durch die schmalen Gassen zum Angriff auf die englisch bewehrte Bell o'the Brae (heute der obere Teil der High Street). Es war ein Unternehmen, dem weder Priester noch Patrizier – die Intellektuellen jener Tage – ihre Unterstützung liehen. Es gelang und entzündete die Flamme der Freiheit in ganz Schottland.

Möge der Tag kommen, an dem die Chirurgen-Anführer der Hundertfünfzigtausend diese Geschichte von der Bell o'the Brae als ihren Text verlesen.

ABERDEEN

Kein Ausländer kann an die von Sir Harry Lauder perfektionierte Vulgarisierung des schottischen Humors und der schottischen Poesie denken, ohne dass ihm eine schottische Stadt in den Sinn kommt, die zwar nicht ausschließlich, aber doch hauptsächlich Lauder-Imitatoren hervorbringt. Für die englisch-lesende Öffentlichkeit ist Aberdeen die Heimat des typischen »Schotten«-Witzes. Dieser stellt den Schotten als lächerlich geizig dar, als Opfer und Täter im Zeichen einer farcenhaften und gedankenlosen Gier. Und zum größten Teil werden diese Geschichten und Fiktionen sogenannten Humors aus Aberdeen selbst exportiert, was der Herausgeber jeder englischen Unterhaltungszeitschrift sofort bestätigen wird.

Nun mag sich ja eine Geschichte bewusst und wissentlich als humorvolle Fiktion lesen lassen und trotzdem im Geist des Lesers einen kuriosen Widerhall erzeugen. So verhält es sich mit Aberdeen: Es kann ja nicht sein, dass Ableger dieser merkwürdigen menschlichen Karikatur, die durch diese Witze promeniert, hier scharenweise die Straßen bevölkern. Trotzdem – ein guter Engländer und ein guter Amerikaner legen im Umgang mit einem echten Aberdeener eine humorig-verächtliche Vorsicht an den Tag und setzen ein lauerndes Grinsen auf, sobald sie den Fuß in die Stadt Aberdeen selbst setzen. Kürzlich erhielt ich einen Brief mit frankiertem Rückumschlag von einem amerikanischen Verleger. Im Begleitbrief bezeichnete der Verleger diesen (in geschäftsmäßigem Ton und ohne Anführungszeichen, weil der Witz beiläufig, alt und abgestanden und längst ins Alltagsvokabular des amerikanischen Geschäftslebens eingegangen ist) als »Aberdeener Umschlag«. In Jerusalem schloss ich Bekanntschaft mit einem intelligenten und interessanten Syrer. Wir unterhielten uns über Ethnologie, und im Verlauf der Unterhaltung erwähnte ich, dass ich in Aberdeenshire in Schottland geboren bin. Er war belustigt und mitleidig, wenngleich ein wenig vage. »Aberdeen – ist das nicht dieser Ort, den jeder meidet?«

Diese Phänomene – der komische Ruf von Aberdeen und der Aberdeener Humor selbst – verdienen eine nähere Betrachtung. Es ist so ähnlich wie mit dem Mann, der durch zu lautes und zu langes Lachen beim skeptischen Zufallsbeobachter Neugier weckt. Warum so viel Gelächter? Und warum dieser stählerne Beiklang im letzten Lacher? Hier ist eine »witzige Geschichte« aus Aberdeen:

Ein Aberdeener starb und verfügte in seinem Testament, dass sein Körper eingeäschert werden sollte. So geschah es. Am Tag nach der Einäscherung klopfte es bei der Witwe an der Tür. Sie öffnete und stand vor einem kleinen Botenjungen, der ihr ein Paket entgegenhielt. »Was ist das?«, fragte sie. »Ihr Mann, gnä Frau«, sagte der Junge. »Seine Asche, meine ich.« Vorsichtig nahm die Frau das Paket in die Hand. »Seine Asche? Ach ja. Und wo ist das Schmalz?«

Ich habe dieses Beispiel mit Absicht gewählt – eine typische Aberdeener Geschichte, ohne schützende Polsterung. Man lacht (wenn man die entsprechende Phantasie überhaupt hat), fühlt sich aber doch irgendwie unwohl dabei. Die Grausigkeit unter dem Humor ist nicht ausreichend verborgen. Man riecht den Gestank des verbrennenden Körpers, sieht die flüssig gewordenen Körperfette – und eine passend platzierte Schale, um sie aufzufangen … in diesem Fall ist der grinsende Schädel hinter der großen, gut gelaunten Gestalt des lachenden Menschen allzu sichtbar, man argwöhnt, dass er abseits der grellen Lichter der Kneipe und ohne die Hilfe von Alkohol eher düster und ernst gestimmt ist, er fühlt sich nicht wohl, umgetrieben von einer bodenlosen Furcht vor dem Leben, das in ziemlich düsterer Parade an ihm vorüberzieht.

Nicht Geiz oder Heiterkeit, sondern Düsterkeit bestimmt den Grundton des Aberdeener Charakters, und prägendes Merkmal ist weniger das Fehlen von Anmut oder Freundlichkeit als das Fehlen jeder Farbe darin. Und das ist fast unvermeidlich für jeden, der seine Tage und Nächte in der Silbernen Stadt am Meer verbringt. Es ist so ähnlich, als friste man sein Leben in einem Kühlschrank. Aberdeen ist – zum größten Teil und unglaublicherweise – aus einem der beständigsten, unzerstörbarsten und abstoßendsten Baumaterialien der Welt erbaut – aus grauem Granit.

Wenn der Stein neu ist, hat er einen feuersteinigen Glanz, einen grauen Schimmer wie die Nordsee am Morgen, eine stählerne Kälte, die bis ins Herz dringt. Auch im Verwitterungsprozess bekommt er keine anmutige Weichheit, er hat immer die gleiche harsche Strenge und Unversöhnlichkeit. Ein Architekt mag mit diesem Material planen und bauen wie er will – mit dem weißen Granit als Variante mag er die gewundenen Spitztürme und ausladenden Schnörkel oder verschlungenen Kreisel des Marischal College absetzen –, er entkommt doch nie dem Gefühl, in einem Kerker zu darben. Es ist nicht nur so, dass in einer Architektur mit diesem Stein keine Zierlichkeiten und Rüschen möglich sind, man wird auch nie das unangenehme Gefühl los, dass man inmitten dieser Bauten nicht ausruhen kann, man darf nicht verweilen, man darf nicht innehalten und betrachten, wie die Welt vorüberzieht … Sonst kommen sogleich die Wärter und scheuchen einen weiter.

Um dieses Gefühl in seiner ganzen Intensität zu erfahren, muss der Feldforscher unter Missachtung aller Werbeplakate Aberdeen im November besuchen. Egal welches Wetter bei der Überquerung der Grenze von Kincardineshire nach Aberdeen herrscht, bei der Ankunft im Bahnhof von Aberdeen wird Graupel fallen. Kein fallender oder treibender Graupel sondern *gewehter* Graupel – mit höllischer und unausweichlicher Beharrlichkeit weht er aus allen Himmelsrichtungen, vom offenen Hafen herüber, von Duthie Park und Market Street herunter. Und durch diese Salven stählerner Eisgeschosse sieht der Ankömmling den Turm und den grauen Granit, der ihm von allen Seiten seine mürrischen und wüsten Fratzen zeigt und damit die Nervenenden des Betrachters ebenso angreift wie der Graupel die Extremitäten. Wenn er Guild Street und Market Street folgt, hinauf zu Union Street, dem Stolz Aberdeens, dann wird er erst richtig zu spüren bekommen, in welcher Lautstärke sich diese Darbietung eskimoischer Höllenvisionen artikuliert. Aberdeen ist fraglos die entnervend lärmendste Stadt der Welt. Paris ist schlimm – aber man nimmt es hin in Paris, es ist frei, es ist anarchisch, die Taxifahrer versuchen, sich gegenseitig umzubringen – ein löbliches Unterfangen –, und Citroëns sind vom Teufel in der Hölle erfunden worden, um von Chauffeuren aus dem Fegefeuer gefahren zu werden – und alles ist äußerst vergnüglich. Doch Aberdeens Inbegriff in Gestalt von Union Street hat nichts Vergnügliches an sich. Die Straße ist mit Granitblöcken gepflastert, über die im Dauergraupel Straßenbahnen rattern und Busse donnern, während – unvermeidlich – die Eisenräder von vier Karren mit vorgespannten Clydesdale-Gäulen in halsbrecherischer Geschwindigkeit vorüberrollen. Es ist nichts Vergnügliches an der Vorstellung, dass die Kutscher dabei zu Tode kommen könnten: Jedem ausgemergelten müden Kutschergesicht sieht man an, dass der Kutscher es nicht zum Vergnügen oder aus Lebensfreude tut, oder weil er fröhlich und zu Recht betrunken ist, sondern deshalb, weil er Frau, fünf Kinder, eine blinde Großmutter und eine Schwester im Spital von Aberdeen durchbringen muss.

Aberdeen ist die sauberste Stadt von Großbritannien, sie weckt die Sehnsucht nach bravem, gesundem Dreck, nach abfallübersäten Fahrbahnen und baufälligen Häuschen, die sich schief in alle Richtungen neigen und in ihrem verlockenden, verschmierten Lächeln warme braune Sünden und sudelige Rottöne ausstrahlen. Union Street trägt so viel Wärme im Gesicht wie eine verwitwete Fürstin, die um eine Spende für die Internationale Rote Hilfe gebeten wird. Wenn man den Straßenbahnen und den Pferdekarren und dem Inferno an der Einmündung von Market Street in Union Street entkommen ist und sich weiter nach Westen auf Union Street bewegt, dann fühlt man sich allmählich wie in eine Schlucht im Gebirge eingezwängt. Rechts und links steigen die Felsen auf, geschrubbt, makellos und gnadenlos. Wo Union Terrace auf Union Street stößt, findet sich eine Art Experiment in Gestalt einer öffentlichen Gartenanlage. Doch die Blumen stecken die Köpfe heraus und haben nach einem kurzen Blick auf die düster starrenden Anwaltsbüros an Union Terrace sofort genug, sie machen sich schnell wieder in die Erde davon und suchen einen Weg zu den Antipoden.

Union Terrace ist im Griff der Statuen: In den Pausen zwischen den Lektüren juristischer Schriftstücke schlendern die Anwälte ans Fenster ihrer Büros und blicken hinaus auf König Edward zur Rechten, Robert Burns in der Mitte und William Wallace zur Linken. Ob dieser Statuen mag man Aberdeen manches verzeihen. Das feuersteinige Granitherz der Stadt wurde von Weisheit angerührt, als die Statuen in Auftrag gegeben wurden, und den Objekten kam in rechtem Maße die Eigenschaft zu, die sie historisch besitzen: König Edward ist bloß vulgär, Burns ist erbärmlich und Wallace heroisch. Der Feldforscher wird gut daran tun, den Wallace mit Sorgfalt zu begutachten: Rings um den Sockel finden sich Inschriften mit Zitaten aus seinen Reden an die Parlamentarische Armee Schottlands; auf dem Sockel lümmeln sich gähnend und gelangweilt (sogar im Graupel) die Müden, die Alten und die Arbeitslosen von Aberdeen in großer Zahl. Wallace übt eine Faszination auf sie aus, könnte man sagen. Er gehört zu einer Vergangenheit, die sie nie erreichen werden, sie stecken in einer schrecklicheren Zukunft als er sie je vorausgesehen hatte.

In seiner rechten Hand hält er ein großes Schwert, seine schwungvoll ausgestreckte linke Hand zeigt auf den benachbarten Klotz samt Kuppeln und Blattgold: das Theater seiner Königlichen Hoheit. Doch ich glaube, die Geste ist nicht angebracht, es ist ein ausgezeichnetes Theater, es gibt in Aberdeen wohl Leute und Einrichtungen, die diese Geste und das Schwert mehr verdienen. Man fragt sich, ob die Besitzer der Elendsviertelhäuser von Correction Wynd oder Gallowgate, die hier aus ihren Autos steigen und den gepolsterten Sesseln des Königlichen Theaters zustreben, dem großen Hüter wohl je einen betretenen Blick zuwerfen.

Wahrscheinlich nicht – es sei denn, ein sozialistischer Redner hält gerade vom Sockel herab seine Vorträge. Es ist ein bei Rednern, vorzugsweise kommunistischen Rednern, sehr beliebter Platz. Das arbeitslose Aberdeen kaut Tabak und hört ungefähr zu und raucht ungefähre Zigaretten, und man hört den Redner aus weiter Ferne, die dünne Aberdeener Stimme in der dünnen Aberdeener Mundart, voll mit langen ee's und mit »f« anstatt »wh«. Was Agitation angeht, schlummert Aberdeen dieser Tage – all seinen Arbeitslosen zum Trotz. Ein Freund von mir führte einmal eine Prozession der Arbeitslosen an, die berittene Polizei ging zum Angriff über, und als sie vorübergeprescht waren, fand man meinen Freund hoch oben in den Ästen eines Baumes hängen. Das ist die Wirklichkeit, die auf die Visionen von Barrikaden folgt, wie aufgebrachte junge Leute meines Schlags sie in den Kriegstagen hatten: Tage, die der zeitliche Abstand mit einem zarten Glanz überzieht: wie der Mob die Versammlung zu Friedenszeiten in der Music Hall bei der Ansprache von Ramsay Macdonald unterbrach: eine ganze Gruppe der Störenfriede schickte sich an, die Tribüne zu stürmen, und ein sozialistischer Faustkämpfer beschwichtigte sie und bat darum, einen einzelnen Vertreter heraufzuschicken, und ein kampfeslustiger junger Mann stieg hinauf und verlangte, zu Ramsay geführt zu werden, und der sozialistische Faustkämpfer stimmte zu:

Und er ging mit dem jungen Mann in die Kulissen und verpasste ihm einen Kinnhaken, und kam dann zurück, den Mann – als anschauliches Beispiel für Ramsays Umgang mit Störenfrieden – hinter sich herschleifend. Oder eine andere Versammlung hinter verschlossenen Türen, die eine Kompanie der Gordon Highlanders stürmen wollte: Sie brachen die obere Hälfte der Tür heraus und kletterten nacheinander hindurch, und als sie herunterkamen, sahen sie sich einem düsterblickenden Zweimeterpazifisten gegenüber, der hatte Gliedmaßen wie ein Auerochse und Hände wie Schinken, und ernst und jammervoll schlug er einen nach dem anderen bewusstlos, und dann belebte er sie wieder und trug sie hinauf in die Versammlung, nachdem die Soldaten unter Tränen versprochen hatten, brav zu sein.

Oder die Gründung des Aberdeener Sowjets, als die Nachricht von der Bolschewikenrevolution aus Russland eintraf, und wie ich und ein junger Reporter der Gründungsversammlung beiwohnten und in den Rat gewählt wurden, dabei ganz vergaßen, dass wir ja von der Presse waren, und dann schwitzende Minuten mit unseren Chefreportern verbrachten und erklärten, dass wir als unsererseits gute Sowjets nicht gut über die Versammlung berichten konnten … *O tempora! O mores!*

Fern wie die Banner der Parlamentarischen Armee. Dennoch (und in der Hoffnung, dass der Graupelregen vorbei ist und mein Feldforscher jetzt im warmen Mantel steckt) – wenn man bei der Wallacestatue nach rechts in diese schwärende Ansammlung elender Straßen abbiegt, die hinter und jenseits des Krankenhauses liegen, wird man es nicht für möglich halten, dass diese Zeiten so fern sein sollen. Gibt es etwa keine seltsamen kleinen Läden hier, in denen revolutionäre Zeitschriften verkauft werden? Nein, doch es gibt seltsame kleine Läden mit Strümpfen und Hemden und dergleichen Gegenständen für intime Grundbedürfnisse, die hier im Mietkauf erworben werden können, und unbedachte Käufer werden mit großer Brutalität gerichtlich verfolgt. Fünfzehn Jahre ist es her, seit dieser junge Fuchs von Reporter und ich in den Aberdeener Sowjet gewählt wurden, damals waren wir so jung und voller Träume, dass wir nachts nicht schlafen konnten. Wir trieben uns die ganze Nacht in Aberdeen herum, nicht auf der Suche nach Liebesabenteuern, sondern damit beschäftigt, den Mond in den Morgen zu rollen mit unserem Reden über heitere und herzergreifende und herrliche Dinge: Leben, Tod, die Revolution und die große Grünkäsigkeit des Mondes … Und die Jahre vergingen und ich reiste in die Ferne und sammelte ein wenig Erfahrung, unter anderem auch eine scharfe Abneigung gegen den bellenden Ruf des Maschinengewehrs, das den Menschen mit klammernden krampfenden Händen zu Boden fallen lässt, und zwölf Jahre vergingen und ich kam wieder nach Aberdeen und aus Neugier wanderte ich eines Morgens ins Polizeigericht. Ein verwerfliches Frauenzimmer hatte vom Besitzer einer kleinen Ladenkette Schlüpfer erworben und dann ihre Ratenzahlungen vernachlässigt, und nun wurde sie vor Gericht gebracht, die arme Proletarierin mit ihren roten rissigen Händen und ihrem runzligen angsterfüllten Gesicht und ihren armen, unsteten Augen und ihrer stotternden Stimme. Ich wandte meine Augen ab, und mir war ganz außerordentlich unbehaglich. Doch beim Klang der Stimme des Besitzers der kleinen Ladenkette, der nun im Zeugenstand sprach, drehte ich mich unwillkürlich wieder dem Gericht zu, denn da sprach niemand anders als …

Zusammen mit mir wendet sich der Feldforscher etwas Angenehmerem zu: Allenvale Cemetery, wo die Toten von Aberdeen in enggeschlossenen Reihen unter gewaltigen Granitmonumenten liegen. Sie wecken im Betrachter fragendes Staunen gemischt mit Grauen. Granit, grauer Granit bei der Geburt, in Pubertät und Jugend, grauer Granit umgibt die Brautkammer, grauer Granit die Räume des trübäugigen Alters. Und selbst der Tod scheidet sie nicht ... Der Aberdeener der unteren Mittelschicht kommt sonntags hierher im blauen Sonntagsanzug und gelben Schuhen und Chemisette und Melone: Und er promeniert und bewundert die Monumente und kehrt zurück nach Aberdeen zum »High Tea«, dem frühen Abendbrot.

High Tea in Aberdeen ist mit keiner anderen Mahlzeit der Welt zu vergleichen. Es ist die Hauptmahlzeit des Tages, die Mahlzeit schlechthin, und die Müden kehren mit einem Bärenhunger zu dieser Mahlzeit heim, getrieben von den granitenen Straßen, hineingejagt, um sich mit Wärme und Energie gegen diese Bedrohlichkeit zu wappnen. Zu der Mahlzeit trinkt man Tee, und die Speisenfolge ist so: Zuerst isst man einen Teller voll mit Würsten, Eiern und Kartoffelbrei, dann einen zweiten Teller vom selben, damit der erste unten bleibt. Beim Essen der zweiten Portion hilft man der Speise, den Bestimmungsort zu erreichen, indem man etliche Haferplätzchen mit Butter dazu verzehrt. Danach isst man Haferplätzchen mit Käse. Dann kommen die Milchbrötchen an die Reihe. Danach Kekse. Und dann ist es Zeit für den eigentlichen Tee – Tee und Brot und Butter und Hefepfannkuchen und geröstete Brötchen und Kuchen. Dann Früchtekuchen aus Dundee. Und dann, etwa um halb sieben, wird man aus dem Koma geschüttelt, in das man langsam versunken ist, und gefragt, ob man nicht noch etwas Tee möchte und vielleicht noch *ein* Ei mit Wurst …

Und auf diesem Nachtmahl und einem gewaltigen Aberdeener Bett ruhend, das sich anfühlt wie aus verknoteten Schiffstauen gemacht, hört der Feldforscher dann während der ganzen Nacht durch den graupeligen Novemberwind die Lastwagen und Karren, die in Divisionen Market Street hinauf- und hinunterdonnern. Sie tun das mit dem einen Grund und Zweck, einen vom Schlaf abzuhalten. Und am Morgen, wenn man mit aschfahlem Gesicht und wehem Kopf die Treppe herunterkommt, wird man mit einem riesigen Aberdeener Frühstück versorgt, und wenn man beim dritten Gang ins Stocken gerät und nach Luft schnappt, dann holen sie den Chef, der herbeikommt und den Verzagenden ernst befragt, warum denn das Essen nicht behage? Solle man nach einem Arzt schicken?

Ich nehme an, der Feldforscher hat sich in einem Hotel an Market Street einquartiert. Die Hotels dort sind sehr gut und billig und machen keine Werbung, und deshalb ist das hier nun eine kostenlose Reklame für ihre unaufdringlich gebotenen Vorzüge. Und die Fenster gehen auf den Hafen von Aberdeen, ein breiter, trostloser Streifen, an dem ich dieser Tage nie entlangwandern kann, ohne das unbestimmte Gefühl, dass im Hafen etwas nicht stimmt. Ein spezifisches Etwas fehlt an den Schiffen und dem Schiffsbetrieb. Und dann fällt es mir wieder ein: Die Tarnfarbe aus Kriegszeiten ist es, als die Schiffe wacker mit Zickzacklinien betupft ausfuhren und alle möglichen merkwürdigen Leute über die Nordsee gewandert kamen und in Aberdeen aus diesen Tarnschiffen stiegen. M. Krasin wurde über Aberdeen aus England deportiert, und ich versuchte ihn zu interviewen, als er an Bord ging: Er hatte einen kleinen Bart und eine schiefe Nase, und ich sprach mit ihm in holperigem Russisch, und er sagte freundlich, er spreche Englisch, wenn er dürfe – doch er durfte nicht. Und auf dem Rückweg von dem misslungenen Interview sah ich einen Soldaten, der auf den Kais umherging, ein älterer Sergeant in voller Montur, mit Gewehr und Stahlhelm. Er hielt inne und blickte gedankenverloren ins Wasser und legte Gewehr und Helm beiseite und sprang ins Hafenbecken. Da schwamm er eine Weile auf und ab, und ein paar Herumlungerer warfen ihm ein Seil zu und zogen ihn heraus. Er schüttelte sich, ernst und schwer wie ein großer Hund, nahm Gewehr und Helm und machte sich ohne ein Wort auf in Richtung Bahnhof …

In der Sommersaison kommt zweimal wöchentlich das Schiff aus London an, und zweimal wöchentlich fährt es nach London ab. Die Aberdeener sind gefühlvolle Leute, sie versammeln sich in großen Scharen an dem Kai, wo das Schiff nach London ablegt. Sobald die Sirene tönt, brechen sie in laute Rufe aus und winken mit ihren Taschentüchern. Vielleicht ein Zehntel der Leute am Kai haben Freunde oder Verwandte an Bord. Die übrigen treibt eine Art eigenartiges Mitleid dorthin. Einmal sah ich eine Aberdeenerin, die unter Tränen dem abfahrenden Schiff hinterherwinkte, obwohl sie keine Menschenseele an Bord kannte. Andere sind noch leidenschaftlicher bei der Sache, sie folgen dem Boot von Kai zu Kai, von Brücke zu Brücke und winken und weinen bis sie ihm nicht weiter folgen können. Die Passagiere stehen an Deck und winken und rufen zurück, dann zünden sie ihre Zigarren an, streichen sich die schottenkarierten

Krawatten glatt und erzählen, wie sie Lochin-y-Gair erklommen haben.

Zur Linken schläft Footdee, heutzutage mit stummen Schiffswerften und Fabriken, die großen rostenden Kranen halten ihre Ketten reglos hoch in der Luft, die langen kopfsteingepflasterten Gassen liegen still und leblos. Eine Art Lähmung hat sich über diese Gegend gesenkt, wie der Feldforscher feststellt: Die Fischkutter fahren am Morgen noch in weitem Bogen in den Hafen ein und bringen volle Körbe für den Fischmarkt, doch Footdee riecht krank, selbst an diesen salzigen Morgen, selbst an diesem einen beißenden Novembermorgen, an dem der Wind sich ein wenig gedreht hat und der Graupel zu fallen vergisst. Das ist mit Sicherheit der rechte Morgen, um den Strand zu begutachten.

Der Strand, man sieht es sofort, wurde von einem Kretin errichtet, und zwar gleich nach der Ausbildung durch einen phantasievollen, unzuverlässigen, doch lebhaften Gorilla. Hinter dem Strand erstrecken sich die Links, vor ihm die Nordsee. Das Steigen und Fallen der von Stützstreben getragenen Wände ist mit einer für die tollen Einfälle minderer Anthropoide bewundernswerten Sorgfalt ausgeführt, auf die Bedürfnisse einer normaleren Bevölkerung allerdings nicht zugeschnitten. Zur Rechten liegt der Vergnügungspark, da hat sich der Gorilla entspannt und gekratzt und war vorübergehend menschlich, denn hier findet sich eine hübsche Hochschaubahn. Der Feldforscher, der sich mit Schaudern von der Nordsee und mit gleichem Schaudern vom Strand abwendet, kommt zu dem Schluss, dass er, wenn er in Aberdeen leben würde, seine Tage auf dieser Hochschaubahn verbringen würde.

Doch dies ist Aberdeen bei Tag. Aberdeen bei Nacht ist eine andere Stadt, in der sich ein subtilerer, ein anderer

Menschenschlag drängt. Der Blick des Granit an den Fassaden der großen grauen Gebäude entspannt sich ebenso wie die Menschen auf der Straße. Freitagabends um acht Uhr sammelt sich ganz Aberdeen auf Union Street, um zu promenieren, und hier bezieht der Feldforscher seinen Posten am Rand, um aufmerksam die Brachycephalen-Köpfe der männlichen Exemplare zu betrachten, diesen einzigartig disharmonischen Schädel, der so einmalig Aberdeenerisch ist. Der Proletarier trägt eine Mütze mit breitem kariertem Schirm, der Kleinbürger die vorgeschriebene Melone, der Bourgeois geht barhäuptig, denn er trägt lange Knickerbocker, und die Wölbung seines kahlen Schädels ist gebräunt von der Sonne der Links. Es herrscht ein ständiges Fluten und Ebben der dünnen Aberdeener Sprechweise. Doch der Bourgeois spricht Englisch, und, welch Wunder, er spricht es mit Erfolg, gewinnt an Tiefe und Rhythmus, indem er die falschtönigen blassen Vokale und die verschwurbelten Konsonanten seiner Stadt verliert. Die Frauen tragen Kleider, die sich von denen in Paris oder New York nicht unterscheiden. Doch ein seltsames Schicksal geistert durch das Leben der Frauen von Aberdeen. Sie können nicht gehen. Manche bewegen sich mit entenhaftem Watscheln, andere tänzeln auf abgespreizten Zehen, wieder andere schlurfen mit trägen Schritten. Daran sind die granitenen Gehsteige schuld, schließt der Feldforscher, während die Stunden schwinden und die Mengen schwinden und unten am Rathaus die Uhrtürme sagen: Es ist ein Uhr.

Bis auf Prostituierte, Polizisten und Journalisten ist Union Street jetzt ausgestorben. Mit einem Stöhnen und einem Seufzen geht der Nachtwind scharf wie eine Messerschneide über Union Terrace: König Edward steht frierend da, kahlköpfig: unten am Bahnhof das ferne Tschuckern eines Zuges. Ein Funkenregen fällt. Im Schein der grellen Nachtlaternen schwenken die Straßenbahnen auf Market Street hinab wie große Schlangen. In einem Laden in der Ferne blitzt der Polizist mit seiner Taschenlampe. Ein junger Mann in Schlapphut geht vorbei, er gähnt: Der *Journal* ist zu Bett gebracht. Zwei Mädchen erkundigen sich beim Feldforscher nach seinen Bedürfnissen für die Nacht. Er bedauert, er hat eine andere Verabredung. Im Weggehen bringen sie ihre feste Überzeugung von seiner Unrechtmäßigkeit zum Ausdruck. Und damit ab ins Bett.

In der ersten Zeit, als ich Aberdeen kennenlernte, faszinierten mich zwei Namen: St Machar und Kittybrewster. Die beiden – die St Machar Kathedrale und der Stadtteil Kittybrewster – liegen weit auseinander, doch diese darf der Feldforscher (der sich jetzt einen frischen Vorrat an wollener Unterwäsche zugelegt hat) nicht auslassen. Die St Machar Kathedrale wurde, wie es heißt, ursprünglich im vierzehnten Jahrhundert erbaut – es gibt auch immer noch Reste der Architektur des vierzehnten Jahrhunderts zu sehen. Doch gegen Ende des siebzehnten Jahrhunderts stürzte der Mittelturm ein und zerschmetterte und zerstörte große Teile von Kanzel und Transept, wodurch das Gebäude vom Ort aktiver Verbreitung einer kulturellen Verirrung zur ansehnlichen Attraktion für Archäologen wurde. St Machar verschläft das alles ungestört. Doch seit Jugendzeiten hält sich bei mir die Vorstellung, dass er sich unbehaglich im Grabe dreht, wenn er sich daran erinnert, wie er und Kitty Brewster –.

Niemand aber kann sagen, wo Kitty liegt. Vielleicht unter dem Rauch und Ruß und den donnernden Zügen des Güterbahnhofs, da liegt sie wie der brave König Olaf oder Arthur in Avalon und wartet darauf, dass sie wieder gerufen wird und dass sie erwacht und hinausschreiten und die Welt befreien wird. Dort unten, unter dem Rattern und Tuckern eines außer Rand und Band geratenen Industrialismus träumend, hört Kitty sicher dennoch an frühen Märzmorgen Klänge, die vertrauter sind und die sie liebt – das Muhen der großen Viehherden, die dort entlang zum Viehmarkt getrieben werden – und die Geruch ausströmen, durch die Jahrhunderte strömen sie diesen Geruch von Staub und Dung und Rindischkeit aus, die vielleicht die Hügel erfüllten, als sie und Machar –.

Doch das ist unglaubwürdig romantisch. Seit jeher hatte Aberdeen sich bemüht, allem Romantischen aus dem Weg zu gehen. Kaum waren St Machar und Kitty einander in den Armen liegend gestorben (nach einer wilden nächtlichen Orgie auf der Hochschaubahn am Strand), da stieß das Romantische über ganz Aberdeen ins Horn. Es war das Jahr 1411, und Donald of the Isles, mager, sehnig, Highlandisch und behaart, näherte sich der Stadt mit einer Armee nordländischer Banditen. Die Bürger machten sich bereit, drängten sich an Castlegate in die Trambahnwaggons und schwärmten zu Tausenden aus, um dem Anmarsch von Donald zu trotzen. Sie stießen in Harlaw auf ihn, an einem nebligen Morgen, als der Tau weiß wie Raureif oder grau wie Granit auf den Ginsterbüschen lag, und sie stellten sich zu langen unerbittlichen Reihen von Speerwerfern auf, die sich gegen die übliche Highlandtaktik zur Wehr setzen würden. In weit ausholenden Angriffsbögen schickte Donald seine Clansleute voran: Aberdeen hielt einen langen blutigen Tag über stand, und am Abend führte Donald die Reste seiner

Armee in die Hügel zurück. Das war eine entscheidende Wende in der Geschichte der Schotten – und Aberdeen führte sie herbei.

Aberdeen als Stadt blieb unrettbar und rühmlich dem Highland feind. Heutzutage mögen dicke Geschäftsleute aus Mannofield und Cults ihre Kinder in Schottenröcken und karierten Bommelmützen ins Gymnasium schicken, doch in früheren Zeiten hätten sie ihre Kinder eher mit Küchenlappen und Flaschenstopfen hinaus in die Welt geschickt. Das ganze übrige Schottland mochte 1745 vom Charlie-Wahn ergriffen sein: Aberdeen starrte in düsterem Erschrecken aus seinen granitenen Türen, dann wandte es der ganzen hässlichen Geschichte den Rücken zu. Freiheit, der Wind der Romantik, der Ruf der Banner auf dem Weg nach Süden – das war nichts für Aberdeen, nichts für die steinernen Seelen, die zu ihren Steinbehausungen passten. Stattdessen unterstützte es die Hannoveraner, es feierte und bewirtete aufs Beste den strengen Schlächter Cumberland bei seiner Rückkehr vom Schlachtfeld von Culloden und hieß ihn als Gast willkommen beim Bürgermeister in der Nummer 13 der Guestrow – und dort steht es bis zum heutigen Tag, um Zeugnis davon abzulegen, ob ich lüge.

Doch jetzt gibt es einen Abrissbeschluss, große Teile der alten Straßen und Stiegen sind verurteilt, Straßen und Stiegen mit alten Namen, die den Historiker alter Zeiten zu gesittetem Bedauern rühren, wenn er ihr Schicksal bedenkt: Upper Kirkgate, Nether Kirkgate, Gallowgate, Guestrow. Doch ich empfinde kein solches Bedauern. Diese Gassen, die zu Kirchen und Galgen führten – sie lassen an den üblen Gestank des sechzehnten Jahrhunderts denken, an glotzende Mengen, die zusehen, wie ein armer Knecht zum Hängen auf den Marktplatz geschleift wurde – und man wendet sich erleichtert und mit neuem Vorsatz dem Anblick der steinern glänzenden Gebäude zu, die sich neu errichtet entlang Union Street erheben.

Denn wenn man den grauen Granit nicht verkraften kann, muss man sich doch irgendwie mit ihm ins Benehmen setzen, sonst bleibt einem nichts übrig, als beim Golfspiel und im Conservative Club Zuflucht zu suchen, sofern man den entsprechenden Status hat, oder in Kneipentouren und dem Konsum von Red Biddies, diesem absonderlichen Aberdeener Rauschmittel, wenn man zum Plebs gehört. Dieses Verhältnis, das man finden muss, ist nicht einfach. Man verabscheut Aberdeen mit der Abscheu des zurückgewiesenen Liebhabers. Aberdeen ist die einzige Stadt in Schottland, die einen nicht loslässt und von einer entnervenden Liebenswertheit ist – ihrem Zauber entkommt man ebenso wenig wie ihrer glänzenden Rüstung.

Aber muss man denn entkommen? In manchen Augenblicken erscheint mir die Stadt als etwas Grundlegendes, etwas, das verstanden werden muss, und im Verstehen tun sich neue Gegenden blendender, glänzender Wunder auf, erleuchtet und leuchtend von einer zarten Flamme, kalt und bernsteinfarben und golden, dort hinter den steinernen Klippen von Union Street, den steinernen Wangenknochen der disharmonischen Gesichter, von denen man sich in der Aberdeener Trambahn umdrängt sieht. Ich denke lieber, dass der bitterlich unterbezahlte und nasse und triefende Fischer, der nach einer Nacht auf den Strudeln und im Anprall der Gezeiten vom Fischmarkt heraufgestiefelt kommt, diese granitene Eigenschaft begriffen und sie, freundlich erwärmt, zu seiner Lebenseigenschaft gemacht hat … Der Feldforscher blickt ihm mit warmherzigem Interesse hinterher, während er im Grau des graupelnden Novembermorgens am stalaktierten Fenster des Hotelzimmers steht und hinausschaut, um sich dann umzuwenden und den Zugfahrplan zu studieren.

Und was die Frauen von Aberdeen angeht … es ist merkwürdig, was für abwegige Assoziationen der Geist an dieses oder jenes Wort hängt. Etwa die Hälfte aller Frauen in Aberdeen scheint sich des Vornamens Grizel zu erfreuen – und sie haben recht mit ihrer Freude, denn mit dem weniger verrückten Teil meines Verstandes kann ich diesen Namen auch als hübsch und einprägsam erkennen. Doch aus einem seltsamen Grund, muss ich jedes Mal beim Hören dieses Namens unweigerlich an einen Eisbären denken, der gerade einen Eskimo verspeist.

Und das ist es auch schon, was Aberdeen betrifft.

LEHM

Die Galts waren in der Gegend um Segget so dicht gesät, die Leute sagten, wenn man abends spazierenging und auf etwas trat, das quiekte, dann war das mit ziemlicher Sicherheit – zehn zu eins – ein Galt. Und wenn man neu war im Howe und einen Mann anhielt und nach dem Weg fragte, dann war das wahrscheinlich auch einer von der Sippe. Und bevor er noch mit der Antwort fertig war, hätte man wahrscheinlich von ihm einen Gaul angedreht oder die Uhr gestohlen bekommen, er würde sich mit allem auskennen, was man im Leben getrieben hatte, wissen, wen man zur Mutter hatte, und Zweifel hegen, was den Vater betraf. Dann würde er nach Hause gehen und alles herumerzählen, vom Galt of Catcraig, hoch oben in den Bergen, bis zum Galt of Drumbogs, unten bei Monndynes, alles, was man getan, und jedes Wort, das man gesagt hatte, wäre bald jedem bekannt, und auch was man auf der Haut trug und was man zum Frühstück aß und was man des Nachts seiner Frau zuflüsterte. Und die Galts würden verächtlich lachen, »Ha, bestimmt feine Leute«, und auf diese ordinäre Art, die sie an sich hatten, würden sie spucken: Gemeinhin verstand ein Galt von Benimm weniger als eine brütende Henne von Bibeldeutung.

Sie betrieben hier und dort ihre Höfe, Brüder und Vettern und Halbbrüder und Onkel, der Kopf konnte sich einem drehen bei dem Versuch, zu durchschauen, ob Sarah nun die Tochter von Ake aus Catcraig war oder nur verschwägert durch Heirat mit einem Neffen von Sim aus High Rigs, der ein Vetter von Will war. Die Galts allerdings kannten sich bestens aus mit ihren ganzen Verwandtschaftsgraden, besonders wenn mal was schiefgegangen war, dann konnte sie einem erzählen, wie vor fünfundzwanzig Jahren, als die Tochter von Redleaf ihren Vetter, den alten Alec, der jetzt Bauer auf Kirn war, geheiratet hatte, und wie das erste Kind der Ehe geboren wurde – fürwahr, das Kind, das kam so schnell, da war was nicht geheuer! Und sie leckten sich die Lippen, wenn sie daran dachten, und lachten verächtlich und hatten mächtig viel Spaß. Doch wenn man als Fremder dabei war und es sich einfallen ließ beizupflichten, dann rückten sie schnell zusammen und sahen einen an mit Blicken, die sagten: »Was fällt dir denn ein, hier schlecht von den Galts zu sprechen?«

Sie machten Geld wie Heu, wo sie auch saßen, und es gab kaum einen Ort, wo sie lange Sitzfleisch hatten. Sobald sie auf einen neuen Hof gezogen waren, rissen sie die Erde auf, düngten mit Fisch und melkten das Land tot, solang sie als Pächter drauf saßen, dann gings hoppla-hopp auf die andere Seite vom Howe, und das Stück Land ließen sie so ausgelaugt zurück wie eine Rübe, an der die Ratten gewesen sind. Und oft kam es vor, dass ein Galt gegen Ende der Pachtzeit bankrott machte, es gab eine Zwangsversteigerung, und er fluchte, der Landbau, das sei die Hölle, sagte er dann, und seine Frau, die weinte, wie hier und da ihre Sachen verkauft wurden, damit sie ihre Schulden begleichen konnten. Und wenn man die Galts nicht kannte, dann mochte man rechtes Mitleid haben und ein bisschen höher bieten. Doch ehe man sichs versah, hörte man, dass der Bursche, der bankrott gemacht hatte, einen neuen Hof gekauft und von dem vor dem Bankrott schlau beiseite gelegten Geld bis unters Dach ausgestattet hatte.

Seis wie es sei, der beste von der ganzen Sippschaft, das war Rob Galt aus Drumbogs, heiter und herzlich, nicht geizig wie die anderen, beinah fünfundzwanzig Jahre hatte er als erster Knecht bei seinem Vater oben auf Drumbogs gearbeitet. Der alte Galt, sein Vater, schien fast unsterblich, je älter er wurde, desto harscher wurde er auch. Rob ertrug das Scheusal so wie ein guter Sohn es soll, wiewohl er gern eigenes Land gehabt hätte. Als sie sich zu guter Letzt doch zerstritten, da lachte Rob Galt: »Behalt du nur Drumbogs mit allem, was dazugehört, ich werd bald meinen eigenen Hof haben.«

»Du?«, höhnte sein Vater, und Rob Galt sagte: »Jawohl, einen Hof, der mein Eigen ist, und Land dazu, das MIR gehört.«

Er war schlaksig und groß wie alle Galts, den Schnurrbart hatte er an den Enden hochgezwirbelt, mit einem starken Kinn in dem Galtschen Gesicht und einer langen schmalen Nase, und die Augen waren hellblau in dem wettergeröteten Gesicht, ein braver, offener Bursche, die Güte selbst, obwohl seine Vorstellung von Ausruhen nach dem Pflügen darin bestand, dass er die Pferde lockerer einspannte und anfing zu eggen. Er suchte nicht lange nach einem Ort, der sein eigen werden sollte, im Handumdrehen hatte er Pittaulds bei Segget gepachtet, der Hof stand hoch am Rande des Mounth, man sah das Gewirr der Häuser von Segget dort unten, nass, mit schimmernden Dächern im Morgengrauen. Die Pacht war niedrig, das Land nicht gut, roter Lehm, mit hungrigem Mund an den Füßen des Wanderers saugend, der abends durch die Felder ging.

Ja, und so zog er nach Pittaulds im Herbst, die Leute sahen den Umzugswagen, wie er von Mondynes runter kam und an der Ecke abbog und sich dann den Hang hinaufmühte, bis zu dem großen Haus, das auf dem Kamm des Hügels thront. Er brachte seine Frau mit, die war so lang wie er selbst und ernst von Gesicht, still, als wär sie aus feiner Familie, fürwahr, das war komisch, ein Galt, der vornehm geheiratet hatte! Doch er hatte es wohl sehr lieb, das Mensch, sagten die Leute, seltsam bei einer, die ihm nur ein Kind auf die Welt gebracht hatte. Das Kind war nun fast zwölf Jahre alt, verschlossen wie die Mutter, ernst und schlank, Rob verwöhnte sie beide, die Frau und das Mädel, man hätte meinen können, sie wären aus Zucker und er hätte Angst, sie könnten schmelzen.

Doch kaum saßen sie eine Woche in Pittaulds, da bemerkte Rachel, die wie ein Hütehund Rob stets hinterhertrottete, schon eine absonderliche Veränderung. Ab und zu gab der Vater ihr einen Klaps, und sie meinte, es sei im Spiel, so wie früher. Doch stattdessen rief er dann: »Los, mach schon, lauf ins Haus und frag deine Mutter, ob du rauskommen darfst, wir müssen vor dem Abendessen noch zwei Ladungen Rüben verziehen.«

»Ja, Vater«, sagte das Mädchen fröhlich und hüpfte zum Schuppen, um ihre Rübenhacke und die des Vaters zu holen, und los gings, und sie wateten durch den klebrigen Lehm und verzogen nebeneinander die langen Reihen Steckrüben, der Regen fiel schräg von den Hügeln her, und zu ihren Füßen lag der Howe in seinem Nebelkleid.

Und das ernste kleine Mädchen arbeitete sich voran an seiner Seite, sagte kein Wort, obwohl sie völlig durchnässt war, und schließlich gings heim, und die Mutter wollte ihren Augen nicht trauen – was um alles in der Welt war in Rob gefahren? Das fragte sie ihn auch, als er zum Abendessen hereinkam. »Das Kind wird sich den Tod holen!« Er blinzelte nur aus seinen blassblauen Augen, ungeduldig: »Unfug, Mädchen, der Regen wird ihr nicht schaden. Und wir müssen die Steckrüben rausholen, ich bin gut drei Wochen hinterher mit der Arbeit.«

Der beste von den Galts? Dann bewahr uns Gott vor den Übrigen! Das Jahr wandte sich zum Winter, und er stand um fünf in der Früh auf wie die meisten Leute, doch ging er nicht zu Bett, bis es fast Morgen war, immer nur schuften, schuften, schuften, bis er bald selbst wie ein Wurm ein Teil der Erde war, so könnte man meinen. Im Schein der Laternen bei Tagesanbruch herrschte er seine schweigsame Frau an, sie starrte fragend und stieß ein kurzes Lachen aus, und er verschlang seinen Haferbrei, als hätte er Angst, ihm könnte beim Essen der Appetit vergehen, und dann mistete er den Kuhstall und den Pferdestall aus, so schnell, als würde er nach Zeit dafür bezahlt, und hinter seiner langen Nase saß düster der Groll. Und dann, während das Land noch im Dunkel lag und durch den Bodennebel auf den Feldern kein Vogel Laut gab und nichts sich zeigte als die schwankenden Laternen in den Gassen von Segget drunten, dann legte er den Pferden Geschirr an und führte das erste hinaus, das mit den Hufen Funken aus den Steinen im Hof schlug, und er rief nach dem zweiten, und es kam hinterdrein, und die Pferde tranken beide am Trog, unterdessen Rob den Kragen hochschlug gegen die Schärfe des frostigen Taus, während der Nordwind erwachte. Dann sprang er auf den Rücken des schweren Braunen, Jim hieß der, und ritt schwankend und schlingernd an der

Hecke entlang runter, im Dunkeln, die Welt stand auf der Schneide des Morgens, nass, der Geruch der Felder wehte ihm ins Gesicht, das Schmatzen der Pferdehufe war weich im Lehm.

Bald kam das Licht in einem grauen Fluss, zaghaft und langsam von den Bervie Braes her, und ein Hase huschte durchs Gras davon, und die Kiebitze erwachten und fiepsten und riefen, Rob Galt sprang von Jims Rücken und schirrte die beiden an seinen Pflug und löste die Stränge vom Kummet und hakte sie an den Klippschwengel. Dann spuckte er in die Hände und rief: »Hüü, Jim!«, jetzt ohne jeglichen Groll, sondern gut gelaunt und vergnügt, und so schwenkte er den Pflug in den nassen roten Acker und die Pferde zogen und schnaubten und bewegten sich geschickt, und der Lehm drehte sich in der Spur des Sech. Rob ging langsam mit wiegendem Schritt hinter dem Pflug, ein Fuß in der Rille, der andere auf dem Balken. Die Knechte von Arbuthnott, auf ihren Zweispännern unterwegs zu einem Acker, wo sie sich zu schaffen machten, riefen einander zu: »He, Rob ist schon wieder zugange«, wenn sie ihn dort sahen im heller werdenden Licht, wie er wendete, er und die Pferde und der Pflug, ein paar Punkte auf dem Acker, dessen lange lehmige Furchen zum Rand des Moors abfielen.

Um acht ging Rachel zur Schule, ein schlankes ernstes Ding, in ihren festen Nagelschuhen, dann hörte sie ihren Vater Rob pfeifen, ein tiefes Flöten, oben auf dem Hügel, und dann sah sie ihn, wie er ans Ende einer Furche schwenkte, und ihr fiel ein, wie er früher immer anhielt und scherzte und sie wegen der Jungen neckte, die mit ihr zur Schule gingen. Und sie rief: »Hallo Vater!«, doch Rob sagte nichts, bis er das Pferd ganz aus der Furche geführt

und die Furche betrachtet und seinen Schnurrbart ge-
zwirbelt und gestrichen hatte. Dann fiel sein Blick auf die
Tochter, als wär er gerade erst aufgewacht, »Ah, du gehst
jetzt!«, rief er, und dann wieder »Hüüü!« zu den Pferden,
indem er sie umdrehte, um weiter zu pflügen, während
Rachel davonging, still und voll dunkler Verwunderung
auf dem Gesicht, das sich so verändert hatte, seit sie in
Pittaulds war.

Er hatte sein ganzes Land gepflügt, eh der Dezember
vorbei war, die Leute sagten, er sei eben doch aus dem
Galtschen Holz geschnitzt, geizig war er wie sie alle, so
schien es, und er würde sich auf den Märkten herum-
treiben und mit Pferden handeln, oder dieses und jenes
kaufen und wieder verkaufen, wenn sich Frösche um
Geld verkaufen ließen, dann würden die Galts in ihren
Feldern auf Krötenjagd gehen. Doch stattdessen machte
er sich an das dümmste Vorhaben, das man sich denken
kann: Zwischen dem Hügel von Pittaulds und dem Haus
erstreckte sich ein Streifen Moor wie eine schmale Zunge, drei oder vier Morgen groß, mit Löchern durchsetzt
und so dicht mit Ginster bewachsen wie ein Schellfisch
mit Schuppen, noch nie hatte es auf Pittaulds einen
Pächter gegeben, der nicht vernünftig genug gewesen
wäre, dieses Stück Land in Ruhe zu lassen. Doch Rob
Galt schickte sich an, das Land nutzbar zu machen, es
rief doch geradezu danach, sagte er, dass sich einer da-
ranmachte, und er karrte große Steine herbei, um die
Löcher damit zu füllen, und er hebelte die Wurzeln mit
der Hacke aus, wenn er die Kraft hatte, und wenn er es
nicht schaffte, holte er die Pferde im Joch, die sie he-
rauszogen. Während er in jenem Frühling schuftete, um
dieses eine Stück Land bis April urbar zu machen, geriet

er mit allem anderen in Verzug, die Leute machte sich lustig, das geschah dem Narren recht.

Ganz selten mal schaute er bei Nachbarn auf Besuch vorbei, und wenn, dann kam er aus dem Schwatzen nicht raus, dort am Kamin sitzend, er und der Nachbar fingen dann an vom Getreide und der Beschaffenheit des Landes, und wie man es entwässern sollte, was die beste Sorte Rüben war für den lehmigen Boden, welcher Dung in einem trockenen Jahr den besten Ertrag bringen würde. Den Nachbarn mochte das alles wohl interessieren, aber nicht so wie Rob Galt, der war dann auf einmal ganz wie gestochen und fing an mit Geschichten vom Land, die waren blanker Quatsch, von diesem Acker und jenem, als wären es Frauen, die man recht beschwätzen und tätscheln muss, bis sie sich gnädig zeigen. Und der Nachbar gähnte schon breit wie ein Gatter, und die Uhr ruckelte sich durch die Stunden bis in die Früh, und immer noch saß der Rob Galt da und schwafelte. »Mann, das ist ein Luder, dieser Acker, schlau und schmeichlig, man merkt es gleich, sobald man nur rangeht an die Erde, sie nimmt das Korn mit der dicken Schale, nicht mit der kleinen. Aber ich glaub, ich kitzle sie mit ein bisschen Phosphat hoch.« »Ach, ja, wirklich?«, sagte dann der Nachbar. »Was hältst du eigentlich von den Zollbestimmungen?«, und Rob antwortete drauf: »Tja, da hab ich keine Ahnung. Was mir Sorge macht, ist dieser Acker, wo ich den Weizen reingegeben hab. Die Erde dort, die schmollt irgendwie.«

Was konnte man von so einem Trottel schon halten? Obwohl er wegen all der Schufterei am Sumpfland ziemlich in Verzug war, holte er bald auf, weil er des Nachts arbeitete, und er hatte eine ganz schöne Ernte im nächsten Jahr, die Frau und das Mädchen waren beide mit draußen beim Schneiden, Binden und Packen, während er die Felder schnitterte. Rachel war mit einem Mal in die Höhe geschossen, man schaute sie überrascht an, wenn man sie auf dem Schulweg sah, erkannte sie kaum noch. Es sei eine sehr gute Schülerin, das Mädchen, so hieß es – natürlich auch nicht besser als euer kleiner Johnnie, das ist ja bekannt, die Lehrer sind grob zu eurem Johnnie, die Gauner. Jedenfalls kam Rachel einmal mit einer großen Nachricht nach Hause, just an dem Abend, als Rob vom Markt kam, wo er sein Korn hatte gut verkaufen können. Wie er schließlich mit der Plackerei draußen fertig war, saß er in der Küche, die Füße am Kamin, und paffte seine Pfeife, die Augen immer aufs Fenster gerichtet, auf das Feld, das sich draußen erhob und ins Haus schaute wie auf der Suche nach ihm. Das dachte Rachel jedenfalls, wie sie über ihrem Abendbrot saß, ernst, still, ein bisschen seltsam, zu dünn, um hübsch zu sein, man mag ja bei einem Mädel ordentlich was zum Anfassen haben. So aß sie ihr Fleisch auf, und dann kam sie an mit der Nachricht, die ihr der Schulmeister aufgetragen hatte: Wenn sie auf die höhere Schule ginge, dann könnte sie vielleicht ein Stipendium oder so bekommen, zur Unterstützung.

»Nun, Rob, was meinst du dazu?«, sagte ihre Mutter, und Rob fragte: »Zu was?«, und sie sagte es ihm noch mal, und Rob drehte den Kopf weg. »Was, Geld für die Schule? Wo denkst du denn, dass ich das auftreiben soll?«, sagte er.

»Von dem Getreide, das du jetzt verkauft hast«, sagte Mrs Galt, und Rob lachte auf, als ob er mit einer redete, die nicht ganz richtig im Kopf war. »Ich muss Samen kaufen und Entwässerungsgräben anlegen, und was ist mit dem Land für das Getreide im nächsten Jahr? Verdammt noch mal, das schreit nach Dünger, da bleibt mir kaum ein Groschen übrig.«

Rachel saß still und schaute hinaus auf die Felder, sehr still saß sie da, ihr Gesicht ganz im Dunkeln. Dann hörten sie, wie sie schniefte, und Rob fuhr erstaunt herum bei dem Geräusch. »Was fehlt dir?«, fragte er, und die Mutter sagte: »Was ihr fehlt? Du würdest auch heulen, wenn dir dein Leben kaputt gemacht würde.« Rob stand auf und gab Rachel einen sanften Klaps. »Na, na, das tut mir sehr leid, dass du es so schwernimmst. Ja, meine Güte, das ist doch eine Kleinigkeit, darüber braucht man nicht weinen. Komm mit raus, wir spazieren ein bisschen um die Felder.«

Und Rachel ging mit ihm hinaus, halb hoffte sie, er wollte doch noch seine Meinung ändern, was die höhere Schule anging. Doch auf dem Spaziergang blieb er nur ab und zu stehen und starrte die Stoppelreihen an oder lachte so absonderlich, wenn sie an einen Flecken kamen, wo schütter das Gras stand und das Getreide nicht angegangen war. »Ha, siehst du das, Rachel, bei diesem Luder hats nicht angeschlagen. Dieses Feld, das will, dass der Pflug vor der nächsten Saat ganz tief reingeht.« Und er bückte sich und nahm eine Handvoll Erde auf und ließ sie durch die Finger rieseln, ganz langsam, dann streute er sie wieder über dem Feld aus, nicht auf dem Weg, als wärs Goldstaub und kein Dreck. So kamen sie schließlich ans Moor, das er urbar gemacht hatte, er paffte an seiner Pfeife und stand still und schaute das Stück Land an: »Ha, Mädchen, dich hab ich jetzt endlich an der Kandare!« Er sagte das zum Feld nicht zu seiner Tochter, doch von da an hasste sie Pittaulds, das dachte Rachel sich still, wie sie so ihren Vater besah und darüber sann, was für ein anderer Mensch er geworden war, seit er den Fuß auf den Lehm dieses Landes gesetzt hatte.

Er arbeitete vom Tagesanbruch bis in die Dunkelheit und noch in den Abend hinein, er brachte große Ernten ein vom Land, er war ein Geizhals wie kein zweiter, doch nach fünf Jahren Ackerbau hatte er kaum einen Groschen, den er sein eigen nennen konnte. Jeder Heller, den er für die Ernte in einem Jahr bekam, schrie danach, so mochte es scheinen, wieder in die Saat des kommenden Jahrs gesteckt zu werden. Das schlechte Stück Moor im Norden des Gehöfts, das hegte er, als wärs sein eigen Fleisch und Blut, er gab ihm Dünger und pflügte es kreuz und quer, zwei-, dreimal hintereinander, und eggte es und jätete und walzte das verdammte Stück Erde, bis der Witz, den man sich in Segget erzählte, nicht mehr wie ein Witz klang, nämlich, dass er damit ins Bett gehn würde, wenn er könnte. So selten, wie seine Frau ihn im Bett sah, mochte er das sogar tun, Mrs Galt, so groß und ernst und still wie sie war, sah ihn immer verwunderter an, wenn er hereinkam, man konnte kaum glauben, dass das noch der Rob war, der sie früher errötend »mein Edelstein« genannt hatte, der oft genug gesagt hatte, alles, was er auf der Welt wolle, sei eine Frau, wie er sie hatte, und ein Stück eigenes Land. Aber da hatte er noch kein eigenes Land.

Eines Abends sagte sie beim Essen: »Rob, ich hab immer noch diesen seltsamen Schmerz in der Brust. Den hab ich jetzt schon so lang und ich mein, es ist schlimmer geworden. Ich glaub, wir müssen den Arzt rufen.«

»Hä?«, fragte Rob und glotzte sie dumm an. »Jaja, ist gut. Ich muss jetzt wieder raus, zwei, drei Stunden muss ich ins Unkraut, das kommt so dicht zwischen den Rüben, der arme Acker da, der leidet richtig daran.« »Rob«, sagte Mrs Galt, »lässt du jetzt mal einen Augenblick lang die Felder in Ruh und denkst an mich? Ich bin krank, ich brauche jetzt endlich einen Arzt.«

Spät am nächsten Nachmittag fuhr er los nach Stonehive, und das Licht schwand, und die Stunden vergingen, und Mrs Galt wartete, und keine Spur weder von ihrem Mann noch vom Arzt, und sie verlor fast den Verstand vor Sorgen und Schmerzen. Doch schließlich, als das Dunkel schon schwarz auf dem Land lag, da hörte sie Robs Schritt auf dem Hof, und sie rannte hinaus und rief: »Was hat dich so aufgehalten?«, und er sagte: »Was? Meine Arbeit, was sonst?« Auf dem Rückweg hatte er gesehen, wie nötig die Rüben die Jäthacke hatten, da war er vom Fahrrad gestiegen und hatte sofort angefangen zu jäten, welchen Nutzen hätte es gehabt, wenn er erst ins Haus hinauf gegangen wäre, um zu berichten, dass der Arzt doch erst am nächsten Morgen kommen könnte.

Ja, und der Arzt kam in seinem langen braunen Auto angefahren, er rief Rob beim Jäten im Rübenacker zu: »Ich brauch dich oben im Haus!«, und Rob schrie zurück: »Wieso? Ich hab jetzt keine Zeit!« Aber dann stieg er doch ins Auto des Arztes und wartete ungeduldig drinnen, und der Arzt kam herein und strich sich über die Lippen und sagte: »Tja, Galt, ich fürchte, ich habe schlechte Nachrichten. Ich glaube, deine Frau hat Brustkrebs.«

Sie musste sich ins Bett legen und lag einen guten Monat so, während Rob Galt Pittaulds allein versorgte. Dann schrieb sie an ihre Tochter Rachel, die in Segget angestellt war, und Rachel kam heim. Und leise sagte sie: »Mutter, hat er denn nie nach dir gesehen? Ich jag dem Tier die Polizei auf den Hals dafür!«, und damit meinte sie ihren Vater, der draußen beim Heumachen war, durchs Fenster sah sie ihn einen Streifen sensen, sie hörte das Schlirren des Steins, wenn er die nasse Klinge wetzte, die Sonne ein stilles Glosen über dem dösenden Howe, die sterbende Frau in dem besudelten Bett. Doch Mrs Galt flüsterte: »Er denkt einfach nicht dran, er will nicht quälen, er ist nur besessen von seinem Pittaulds.«

Doch Rachel war schon beinah eine Frau damals, verschlossen, mit einem Jähzorn, den alle Burschen kannten, und sie konnte es nicht erwarten, dass ihr Vater heimkam und sie ihm sagen konnte, wie er sich schämen sollte, er hatte die Mutter fast umgebracht mit seiner Nachlässigkeit, war er denn ein Tier und ganz ohne ein Herz? Doch Rob hatte kaum einen Blick für das Mädchen, so eilig hatte er es: »Hoho, Mädchen, die Hitze liegt dir wohl im Magen. Soll ich auf meinen Feldern etwa das Unkraut schießen lassen?« Und er gab ihr einen Klaps, als wollte er ein Kind dazu bringen, still zu sein, und er aß sein Abendessen in Hast, um bloß das Heu noch wenden zu können. »Willst du nicht wenigstens mal nach Mutter sehen?«, rief Rachel, und er sagte: »Hm, ja«, und ging eilig hinein. »Na, Mädchen, du freust dich sicher, dass das Heu schon fast gemacht ist – verdammt, da ziehen Wolken auf von der See!« Und im nächsten Augenblick stand er schon draußen und starrte der Wolke am Himmel entgegen, als käme der Tag des Jüngsten Gerichts.

Mrs Galt starb, ehe noch der September vorbei war, und als die Leute am Tag der Beerdigung kamen, da trafen sie Rob Galt mit der Hacke an und in seinen alten Arbeitshosen, er hatte nur die Kartoffelfurchen ein wenig gelockert, sagte er. Er zog seine schwarzen Sachen an und trug mit seinen Brüdern den Sarg zum Leichenwagen. Drei kleine Pferdewagen standen bereit, er stieg in den ersten, und die Pferde trotteten langsam die Straße hinab. Die Leute in der Kutsche hielten sich ernst und schweigend, und sie meinten dasselbe von Rob, es war ja seine Frau. Doch plötzlich fuhr er auf: »Verdammt, Mensch, ich habs! Kalk hätte ich beim Sommergetreide draufgeben müssen. Der hat ja geschrien nach dem Zeug, der Acker am Hang!«

Rachel, so ernst und schmal, übernahm jetzt den Haushalt auf Pittaulds, sie las sogar in Büchern, in Winternächten stand sie da und horchte auf das Schluchzen und Schlapfen des Regens auf dem Lehm und hasste das Geräusch, so wie sie auch Rob gern gehasst hätte. Manchmal, wenn sie beim Essen saßen, sagte er zu ihr: »Was ist los mit dir Mädchen, dass du so düster starrst?« Und das Kind senkte den Blick und dachte an ihre Mutter, während Rob sich guter Dinge erhob und zu seiner Arbeit ging.

Und dennoch, das sagte sie einem Burschen, der von Segget heraufgeradelt kam, um sie zu besuchen, sie brachte es einfach nicht fertig, ihn zu hassen, so sehr sie es auch versuchte. An ihm war etwas, das zog auch an ihr, ganz närrisch, sie fühlte mit ihm, dass die Felder zählten, und bloß die Felder und sonst gar nichts. Und der Bursche sagte. »Was, nicht mal ich, Rachel?«, und sie lachte und ließ ihn haben, was er gerne wollte, aber wie abwesend, denn der Sinn stand ihr nicht recht nach Burschen.

Ja, und in diesem Winter beschloss Rob Galt, dass er noch ein Stück Moor urbar machen wollte, jenseits des Streifens, den er schon bereitet hatte, da stieg das Land in einer Folge kleiner Wellen an, die Leute sagte, er sei doch nicht gescheit, das urbar machen zu wollen, das Land dort hatte seit der Sintflut wild und unversorgt gelegen. Rob Galt sagte: »Vielleicht, aber die sind doch sonderbar, diese Erhebungen, als hätte sie jemand dort aufgeschichtet.«

Und er machte sich an die Schufterei wie zuvor, am Abend kam er verschwitzt wie ein Bulle herein, und Rachel fragte ihn: »Warum ruhst du dich nicht mal aus?«, dann starrte er sie einen Augenblick an wie vor den Kopf geschlagen: »Was? Ich und ausruhen, wo ich den neuen Acker dort hab? Was bleibt mir denn übrig, als einfach weiterzumachen mit meiner Arbeit?«

Und als der nächste Tag sich neigte, da hörte sie ihn von draußen nach ihr rufen, sie ging ans Ende des Hofes und sah, wie er winkte vom Moor drüben. Sie schloss die Tür und ging den Pfad hinauf durch Schlamm und Schiet des nassen Novembermoors, ein windiger Tag im Griff des Winters, die Berge geduckt unterm Beißen des Windes, die Ginsterbesen legten sich winselnd schief in diesen Wind, ein Tag, an dem man keinen Hund vor die Tür lässt, wie es heißt. Doch sie traf ihren Vater fast bis auf die Haut geschunden vor, er hatte eine riesige Wurzel hochgehievt: »Komm nur und schau dir das an, mein Kind, ich habs doch gewusst, dass hier einer mal seinen Acker bestellt hat!«

Rachel schaute in das Loch in der Lehmerde und die Kammer, die sich da auftat in trübem Licht, wo ein Gewirr steingrauer Stöckchen schimmerte, die Knochen eines Mannes aus uralten Zeiten. Zwischen den Knochen verstreut lagen Steine und ein bröckelnder Stab in Gestalt einer Sense.

Sie wusste, dass es eine Erdhütte war, wie die Menschen sie in frühesten Zeiten gebaut hatten. Rob nickte. »Ja, aber es war mehr als das. Guck dir die Sense an, damit hat er auf Pittaulds gesenst. Guter Himmel, mein Kind, den Burschen hätte ich gern gekannt, wir zusammen, wir hätten uns die Äcker ordentlich vorgeknöpft!«

In dieser Nacht dann fing Rob an zu husten und zu keuchen, am nächsten Morgen konnte er sich kaum mehr bewegen und war selbst ganz baff über seinen Zustand. Rachel bat einen Nachbarn, den Arzt zu holen, Rob hatte sich verkühlt, wie er da stand und in das Loch starrte und in das Grab aus alter Zeit. Das war nichts Besonderes, und die Leute waren erschrocken, wie sie zwei, drei Tage später hörten, dass Rob Galt tot war, gestorben an der Verkühlung, die er sich geholt hatte. Er hatte sich ganz zugrunde gerichtet, keine Kraft war mehr da, um gegen den schwarzen Husten zu kämpfen, der seine Lungen ergriffen hatte.

Er sagte kaum ein Wort, flüsterte nur: »Das Feld!« in seiner letzten Stunde, wie er dalag und hinausschaute auf den Acker, rötlich-weiß, ein Zittern ging über das erdene Gesicht, als der Abendglanz über das Howe zog. Dann sagte er zu Rachel: »Du übernimmst doch das Land, du und ein Bursche, darauf kann ich doch rechnen?« Aber sie konnte ihn auch da nicht anlügen, um ihm gutzutun, ihr stand der Sinn weder nach Land noch nach Burschen, sie schüttelte den Kopf, und Robs Blick verlosch.

Als der Arzt kam, fand er Rob tot, das Gesicht zur Wand gedreht, die Rouleaus waren heruntergelassen. Er fragte das Mädchen, ob sie die Nacht über alleinbleiben konnte, nur sie mit dem Leichnam ihres Vaters? Sie nickte. »Aber ja!«, und sie stand in der Tür und sah zu, wie er abfuhr, zurück nach Segget. Dann wandte sie sich um und ging durch die Felder, still, im feuchten, stillen Heraufziehen des Dämmers, hinauf auf den Hügel zu dem alten Erdhaus.

Der Wind fuhr ihr plötzlich mit einem Stoß ins Haar, wie sie da stand und die Stelle anschaute und den Weg, über den sie gekommen war, und überlegte, was der Pastor wohl erzählen würde, wenn sie ihm sagte, sie wolle ihren Vater hier oben begraben, neben den Gebeinen des Mannes aus uralten Zeiten. Und plötzlich überlief sie ein Schauer, wie sie ringsum schaute über die kahlen Lehmhänge, die in der Dämmerung schliefen, es war, als stiege das Winseln der Ginsterbüsche empor als eine Stimme und als flüsterten die Felder dort unten und horchten, wie der Wind von Osten her über sie strich.

Alles Leben – nichts als Lehm, der erwachte und danach strebte, wieder an die Brust der Mutter zurückzukehren. Sie dachte an die Männer, die diese Gewannen angelegt hatten, und an die winderfüllten Tage ihrer Fron und die Jahre, die ganze Torheit einer Fron, wie Robert Galt sie leistete, und wie sie viele Männer seit Urzeiten leisteten, auch wenn man es heute nur selten sah – war sie gut, war sie schlecht? Welche Macht war das gewesen, die einst auf diesem Hang erwacht war und nun zuletzt die Felder von Pittaulds verlassen hatte?

Denn in diesem Augenblick wusste sie, dass keiner mehr kommen würde, um die kargen Gewannen unterm Wehen des Nordwinds zu bestellen. Das war nun vorbei und zu Ende, ein abgehaktes Ding, und Ginster und Brambusch werden wieder übers Land kriechen, und nur die Kiebitze werden piepen und werden noch da sein, wenn sie wieder zurückgekehrt sein wird in das Leben, das ihres war, das anders war, und die Erde dreht sich im Schlaf, nicht mehr voll Unruh, die hungrigen Kinder in ihrer hungrigen Brust, wo Schlaf und Tod und Erde eines waren.

ANHANG

ANMERKUNGEN

DAS LAND

S. 25 *Borders*: ostschottische Grenzregion zu England

S. 26 *Krautgärtlein*: Kailyard Literature – Ende des 19. Jhd. entstandene literarische Bewegung, die danach strebte, die spezifisch schottische Literatur »idyllischer« und weniger sozialkritisch und harsch zu gestalten

S. 29 *Mr Chesterton*: Gilbert Keith Chesterton (1874–1936), englischer Schriftsteller und Journalist, schrieb u. a. viele Kriminalromane und gilt als Verteidiger der katholischen Kirche und der Rechtgläubigkeit

S. 31 *biblische Zeile von der Stimme der Turteltaube*: »Denn siehe, der Winter ist vergangen, der Regen ist weg und dahin; / die Blumen sind hervorgekommen im Lande, der Lenz ist herbeigekommen, und die Turteltaube lässt sich hören in unserm Lande« (Das Hohelied Salomos, 2:11/12)

S. 37 *MacDiarmid*: Hugh MacDiarmid (eigentlich Christopher Murray Grieve; 1892–1978), schottischer Dichter(siehe auch im Nachwort)

S. 40 *Fray Bentos*: Markenname für Fleischkonserven, insbesondere Corned Beef

S. 42 *Spenglerscher Kreislauf*: Theorie von Oswald Spengler (1880–1936) die sich in seinem populären Werk »Untergang des Abendlandes« findet und den Kreislauf des Lebens von Geburt und erblühender Jugend bis zum verfallenden Alter und dem Tod auf Kultur und Zivilisation überträgt

S. 44 *Gilbert White* (1720–1793), englischer Pfarrer, Naturforscher und Ornithologe

S. 44 *HJ Massingham*: (Harold John; 1888–1952) britischer Journalist und Schriftsteller, der sich hauptsächlich mit

Landwirtschaft und landwirtschaftlicher Volkskunde beschäftigte

S. 45 *Cameronsche Gefangene*: 1685 wurden für neun Wochen 167 Anhänger des verstorbenen Priesters Richard Cameron, Männer und Frauen, in Dunnottar Castle gefangen gehalten

GLASGOW

S. 92 *Wells' Morlocks*: Die Morlocks sind Gestalten aus H. G. Wells' Roman »Die Zeitmaschine«

S. 92 *wo letzterer und seine treue Liebste einander nie wiedersehn*: »Me and my love will never meet again on the bonnie bonnie banks of Loch Lomond« – Zeile aus dem bekannten schottischen Volkslied »Loch Lomond«

S. 92 *The Modern Scot*: schottische Zeitschrift, die zwischen 1930 und 1936 erschien

S. 94 *Wendy Wood*: (1892–1981) eine der Mitbegründerinnen der Scottish Patriots und Kämpferin für die schottische Unabhängigkeit

S. 94 *Scone Stone*: Der Stein von Scone ist ein Block aus rotem Sandstein mit Fußabdrücken. Er wird im irisch-schottischen und im englischen Krönungsritual verwendet.

S. 95 *Compton Mackenzie*: (Sir Edward Montague Compton Mackenzie; 1883–1972) schottischer Schriftsteller und Nationalist, Mitbegründer der Scottish National Party

S. 95 *Blake*: (George Blake; 1893–1961) Schriftsteller und Publizist, der über die schottische Arbeiterklasse schrieb

S. 95 *Maxton*: (James Maxton; 1885–1946) in Glasgow geborener Politiker, der sich besonders für die Arbeiterklasse einsetzte

S. 98 *Jozef Israëls*: (1827–1911) niederländischer Maler. »*Frugal Meal*«: auf 1876 datiertes Ölbild, hängt im Glasgow Museum

S. 99 *Millais*: (John Everett Millais; 1829–1896) britischer Maler, der dem Kreis der Präraffaeliten angehörte

S. 99 *Christian Scientist*: Anhänger der Church of Christ, Science, gegründet im 19. Jhd. in Boston, die Heilung und Rat in allen Lebenslagen aus der Bibel zu schöpfen versprach (»Gesundbeten«)

S. 100 *Guy Aldred*: (1886–1963) britischer Anarchist und Publizist und Führungsmitglied der Anti-Parlamentary Communist Federation (APCF). Gründete den Verlag Bakunin Press

S. 100 *heiliger Bakunin*: (Michail Alexandrowitsch Bakunin; 1814–1876) russischer Anarchist und Revolutionär, einer der international wichtigsten Denker des Anarchismus

S. 101 *Sir Henry »Harry« Lauder*: (1870–1950) populärer schottischer Sänger und Comedian

S. 103 *The Free Man*: unabhängiges Literatur- und Kulturmagazin, gegründet 1932.

S. 104 *Heptarchen*: Heptarchie (griechisch: »Siebenherrschaft«) wird die frühmittelalterliche Periode genannt, in der England in angelsächsische Kleinkönigreiche geteilt war. Er ist nicht ganz korrekt, da es mehr als nur sieben Reiche gegeben hat.

ABERDEEN

S. 114 *König Edward*: (König Edward VII; 1841–1910) ältester Sohn Königin Victorias, 1901 bis 1910 König des Vereinigten Königreichs von Großbritannien und Irland und Kaiser von Indien.

S. 114 *Robert Burns*: (1759–1796) einer der wichtigsten Dichter der Geschichte Schottland, schrieb auch in Scots, sein bekanntestes Werk ist »Auld Lang Syne«

S. 114 *William Wallace*: (um 1270–1305) legendärer schottischer Freiheitskämpfer

S. 114 *Parlamentarische Armee*: Army of the Commons of Scotland, in den Bürgerkriegen des 17. Jhd.

S. 115 *Ramsay Macdonald*: (1866–1937) britischer Politiker der Labour Party, zweimal Premierminister des Vereinigten Königreichs

S. 120 *M. Krasin*: (eig. Leonid Krassin; 1870–1926) 1920–1924 Volkskommissar für Außenhandel der russischen bolschewistischen Regierung

S. 121 *Links, Queen's Links*: Große Grünfläche parallel zum Strand in Aberdeen

S. 123 *Journal*: eine der wichtigsten Zeitungen in Aberdeen, 1747 gegründet.

S. 124 *König Olaf*: (Olaf I Tryggvason; um 968–1000) christia-
nisierte auf seinen Wikingerraubzügen die Orkney Inseln und
fiel mehrmals über die Britischen Inseln her. 995 erlangte er
die norwegische Krone.

S. 124 *Arthur in Avalon*: (König Artus/Arthur) wichtige,
sagenhafte Gestalt in der britischen Geschichte, der mit einer
Armee schlafender Soldaten unter den schottischen Eildon
Hills begraben liegen soll (allerdings auch an vielen anderen
Orten)

S. 124 *Donald of the Isles*: (Gaelisch: *Dómhnall*; gestorben
1423) einer der Anführer des Donald-Clans im Mittelalter auf
Schottland

S. 125 *Charlie-Wahn*: bezieht sich auf den Versuch, einen
schottischen, katholischen König (Charles) – mit Hilfe
Frankreichs – wieder zu importieren

S. 126 *Red Biddies*: mit Methylalkohol versetzter billigster
Rotwein

SCHOTTLAND

Auchterless ●

● Aberdeen

Lochnagar ▲ ● Dunnottar

Drumtochy ● Arbuthnott

● Dundee

▲ Ben Cruachan

● Oban

Loch Lomond

● Edinburgh

● Glasgow

NORDIRLAND

ENGLAND

IRLAND

WALES

»TRAUCHLE«. VOM SCHUFTEN AM ABGRUND

JAMES LESLIE MITCHELLS »SZENEN AUS SCHOTTLAND«

Als die hier unter dem Titel »Szenen aus Schottland« ausgewählten Texte 1934 erschienen, war ihr Autor, James Leslie Mitchell, auf dem Höhepunkt eines Ruhms, den er sich wenige Jahre zuvor, als Schreibkraft in der Britischen Armee, nicht hätte träumen lassen. In kaum sechs Jahren hatte sich der junge Journalist Leslie Mitchell, der sich von 1919 bis 1928 mehr aus Not denn aus Berufung bei der Armee verpflichtet hatte, mit elf belletristischen Werken und mehreren Lyrikbänden und Reportagen als einer der produktivsten und bedeutendsten Autoren der *Schottischen Renaissance* etabliert. Seine unter dem Pseudonym Lewis Grassic Gibbon veröffentlichte Trilogie »A Scots Quair«, deren erster Band »Sunset Song« bis heute als *der* schottische Roman schlechthin gilt, feierte Erfolge in Großbritannien und den USA, unter seinem Pseudonym hatte Leslie Mitchell den Sprung in die poetische, anspruchsvolle Literatur geschafft, er war in Schottland in aller Munde.

Leslie Mitchell wurde 1901 in Arbuthnott, Kincardineshire in eine Bauernfamilie geboren. Die Mühen des ländlichen Lebens in einer zwar landschaftlich schönen, doch armen und unfruchtbaren Gegend prägten seine Kindheits- und Jugendjahre. Mitchell verließ die Schule ohne höheren Abschluss, trotzdem gelang es ihm, als Reporter erst bei lokalen, später auch bei größeren schottischen Zeitungen in Aberdeen und Glasgow in die Lehre zu gehen. Die Begegnung mit der sozialen Ungerechtigkeit in den Städten, vor allem mit der Menschenunwürdigkeit der legendären Glasgower Slums, wurde zu einer wegweisenden Erfahrung: Mitchell blieb Zeit seines Lebens ein überzeugter, leidenschaftlicher Sozialist, den der Glaube an die Utopie trug. Und er war – so seltsam dies auch bei seiner bäuerlich-ländlichen Herkunft scheinen mag – schon als Jugendlicher der Kosmopolit, als der er sich, von allem Nationalismus angewidert, in den Texten der Dreißigerjahre bekannte. Mitchell, den die Herausgeberin seiner Werke, Valentina Bold, als »den letzten großen schottischen Autodidakten« bezeichnet, konnte seinen Welt- und Wissenshunger – vom tagtäglichen Brothunger einmal ganz zu schweigen – nur stillen, indem er sich anfangs bei der Armee dann als Schreibkraft beim Auswärtigen Dienst verdingte. So lernte er den Nahen und Mittleren Osten kennen, begegnete Menschen aus den verschiedensten Kulturen und machte seine Erfahrungen mit der fragwürdigen Rolle des British Empire zwischen Persien und Palästina. 1928 verließ Mitchell seine feste Anstellung, um sich ganz dem Schreiben zu widmen und damit seinen Lebensunterhalt zu verdienen.

Mitchell ließ sich in England nieder, nicht in Schottland – genauer gesagt in Welwyn Garden City, einer der ersten Gartenstädte Großbritanniens, die von Grund auf so konzipiert waren, dass sie die Vorzüge des Stadtlebens mit einem gesunden Leben im Grünen für alle Bevölkerungsschichten kombinierten. In dieser sanften, zahmen Landschaft Südostenglands schrieb er, ganz so, wie er es im Kernstück dieses Bandes »Das Land« benennt, seine Romane und Erzählungen, die aus den Bildern und

Erfahrungen der Kindheit und Jugend schöpfen und in erstaunlicher Weise Zeugnis von seiner tiefen Verbundenheit mit Landleben und Landschaft der Mearns im Nordosten Schottlands ablegen.

Im Mittelpunkt dieses Schaffens steht zweifellos sein magnum opus »A Scots Quair«, ein Entwicklungsroman in drei Teilen (»Sunset Song«, »Cloud Howe«, »Grey Granite«) um die aus einer armen Häuslerfamilie stammende Chrissie Guthrie, deren Leben in drei Phasen geschildert wird, jeweils verbunden mit einem spezifisch schottischen Ambiente: dem kargen Land der Mearns, der Industriekleinstadt Segget und der Großstadt Dundee. Was den Roman neben den Beschreibungen von Landschaft und Natur so bemerkenswert macht, ist die Sprache: ein poetisches, an der schottischen Sprachmelodie orientiertes und um einen großen Wortschatz aus dem *Braid Scots* (als Hochschottisch zu verstehen) bereichertes Englisch, das in der schottischen Literatur einzigartig ist. In den Erzählungen, die in »Szenen aus Schottland« versammelt sind, vor allem in »Greenden«, klingt dieser Ton an und steht in interessantem Gegensatz zum ironischen Ton der eher journalistischen Texte über Glasgow und Aberdeen.

James Leslie Mitchell trat unter seinem Pseudonym Lewis Grassic Gibbon in Erscheinung, als die Neue Schottische Literatur eine Blütezeit erlebte: Getragen von sozialistischen Überzeugungen und einig in der Ablehnung jeglicher Romantisierung von Land und Leuten sowie in dem Bewusstsein des literarisch noch unausgeloteten Sprachreichtums, der in den vielen Dialekten und Akzenten Schottlands lag, taten sich in den Zwanzigerjahren etliche junge Autoren hervor, die ihre dezidiert schottische Identität artikulierten. Wie Mitchell-Gibbon waren sie in den seltensten Fällen Separatisten und Nationalisten. Es ging nicht um eine Abgrenzung oder gar Abspaltung von England, sondern vielmehr darum, die vielfältige Andersartigkeit Schottlands hervorzuheben, die weder mit Highlandromantik im Kilt noch mit dem Image des kernigen (und implizit rückständigen) Naturvolks zu tun hatte.

Der profilierteste und bedeutendste unter diesen Autoren war der nicht mehr ganz so junge Hugh MacDiarmid, der sich 1925 mit dem modernistischen Langgedicht »Drunk Man Looking at a Thistle« in die Weltliteratur eingeschrieben hatte. Ähnlich wie der zehn Jahre jüngere Mitchell wirkte auch MacDiarmid unter zwei Namen: Geboren 1892 als Christopher Murray Grieve in Langholm in den südschottischen Borders und unter diesem Namen auch als politischer, kommunistisch engagierter Journalist bekannt, legte er sich Anfang der Zwanzigerjahre den Künstlernamen Hugh MacDiarmid zu, unter dem er seine Dichtungen publizierte. Mit »Drunk Man Looking at a Thistle« artikulierte MacDiarmid ein Ringen um schottische Identität, das mit den Gedanken, Experimenten und Strömungen der kontinentalen Moderne eng verflochten war. MacDiarmid, der seine poetischen Texte in der von ihm selbst entwickelten, aus verschiedenen *Scots*-Dialekten konstruierten Sprache *Lallans* schrieb, vertrat allerdings im Unterschied zu Mitchell radikal antienglische Ansichten und eine Tendenz zum schottischen Separatismus.

Hugh MacDiarmid und James Leslie Mitchell unter seinem Autornamen Lewis Grassic Gibbon waren die beiden Berühmtheiten der zeitgenössischen Literatur, die sich 1934 zusammentaten, um »Scottish Scene or the Intelligent Man's Guide to Albyn« zu verfassen: einen literarischen Gewaltmarsch durch Schottland, der, alle erdenklichen schottischen Themen mit verschiedenen stilistischen Mitteln streifend, die lesende Welt am intellektuellen und künstlerischen Schottlanddiskurs der Zwischenkriegsjahre teilnehmen lassen wollte.

Der Band fand große Beachtung, doch Mitchell blieb nicht viel Zeit, Berühmtheit, Erfolg und die regen Diskussionen zu genießen. Wenige Monate nach dem Erscheinen von »Scottish Scene« starb er an einer Sepsis.

*

Die Textauswahl der »Szenen aus Schottland« in diesem Band, die James Leslie Mitchell in deutscher Sprache vorstellen oder manchen Lesern auch als Autor des »Schottischen Buches« – immerhin eine der erfolgreichsten Übersetzungen in der DDR um 1970 – wieder in Erinnerung bringen soll, stammt aus ebendieser »Scottish Scene«. Wohl fehlen neben einigen Texten Mitchells über Gestalten schottischer Geschichte, Politik und zeitgenössischer Kultur auch die Spannungen und Widersprüche, die mit dem Wechsel der Stimmen, Sichtweisen und Meinungen Mitchells und MacDiarmids einhergehen. Doch die weitgehend ohne Kommentar und Anmerkungen zugänglichen vier Erzählungen und drei Essays lassen die Vielfalt von Mitchells Tonlagen und Registern deutlich werden. Jeder einzelne Text reflektiert auf besondere Weise Mitchells Auseinandersetzung mit seiner Heimat und legt Zeugnis von seinem tiefen Interesse am Menschen ab.

Der Kerntext des Bandes ist die poetische Abhandlung »Das Land«, in der Mitchell durch die Jahreszeiten geht, die über die langen Felder und schroffen Abhänge der Mearns hinwegziehen. Mit beinah ehrfürchtigem Respekt behandelt er die Verbundenheit der hart arbeitenden Menschen mit diesem kargen, unwirtlichen Landstrich, erzählt, wie ihre Ackerbautraditionen und sozialen Gepflogenheiten dieser Gegend ihren Stempel aufgedrückt haben, sodass die Stimmen der rufenden Ackerknechte und die Formen der Heuraufen ebenso Teil dieser Landschaft und Natur geworden sind wie der Laut der immer wieder genannten Kiebitze und Möwen und die Kämme der Hügel. Er sinniert über die Ankunft der skandinavischen Volksstämme, die über eine zeitweilige Furt in der Nordsee an diese Küste kamen, und beschwört ihr elementares Erstaunen über die Unberührtheit und Schönheit der Landschaft herauf, die sie hier vorfanden. James Leslie Mitchell schöpft aus seinen Kindheitserinnerungen, wenn er Gerüche, Töne, Wind und Meer und die vielfältigen Lichterscheinungen in Regen und Sonne über dem Becken des Howe in seiner eigenwilligen melodischen, von alten schottischen Wörtern durchsetzten Sprache schildert, doch vor allem schreibt er hier vom Menschen und seinem *trauchle,* der unablässigen, wenig lohnenden und dennoch das Leben tragenden und bestimmenden Plackerei und Schufterei. Mitchell ist kein Romantiker, er hat einen Sinn für die Poesie und die Geschichte dieser Landschaft, doch er beschönigt nichts. »Das Land« ist für ihn nicht denkbar ohne den Menschen in seinen unablässigen, manchmal verzweifelten, oft zum Scheitern verurteilten Versuchen, dieser Erde etwas abzuringen, das mehr ist als bloßer Lebensunterhalt. Diesen Menschen in ihrem aussichtslosen Ringen mit dem *trauchle* im Angesicht der bitteren und ungerührten Schönheit der Landschaft will Mitchell in seinen Texten ein Denkmal setzen – allerdings eines, in dem auch die mit Plackerei und mangelnder geistiger Weite unweigerlich verbundenen negativen Seiten ihren Platz finden.

Die vier Erzählungen »Greenden«, »Mumm«, »Lehm« und »Sim« sind solche kleinen Denkmäler menschlicher Schicksale, die mit dieser Landschaft, diesem Boden, diesem Licht und Wetter unauflöslich verflochten sind. Die starken Frauenfiguren Meg, Kath und Rachel erinnern an Chrissie Guthrie aus dem »Schottischen Buch«, der plötzliche Persönlichkeitswechsel eines Rob Galt gemahnt an alte Märchen vom verfluchten Besitz, der von wildem, blindem Wunsch nach sozialem Aufstieg besessene Sim ist durch die Vermessenheit seines Wunsches zum Untergang verurteilt. Der Ausweg ins Helle, nach Kanada, den Kath und ihr Lebensgefährte in »Mumm« einschlagen, lässt eine größere Hoffnung anklingen als die anderen Erzählungen, doch wird er notgedrungen auch mit dem Verlust der Heimat, dem endgültigen Abschied von diesem Landstrich einhergehen. Mitchells Ohr ist geschärft für die verschiedenen Tonlagen von Verzweiflung, Enttäuschung, Missgunst aber auch von Hoffnung und Sehnsucht, wie sie seine Kindheit begleitet haben müssen.

Die beiden Städteporträts von Aberdeen und Glasgow runden das Bild des engagierten Autors Mitchell ab. Sie lassen den agitierenden Sozialkritiker und Journalisten zu Wort kommen, der sich eines ganz anderen Tons bedient als der Erzähler Mitchell mit seiner poetischen, melodischen Sprache, durchzogen von wörtlicher Rede im Akzent der Gegend und gespickt mit alten schottischen Ausdrücken für Felderformationen, landwirtschaftliche

Geräte und landschaftliche Ausprägungen. Mitchells Vokabular für die Stadt ist konventioneller, weniger regional, auch weniger spezifisch schottisch, er will anprangern, lächerlich machen, gleichzeitig aber nicht leugnen, dass ihm die Stadt als Lebensform mehr zusagt als die Dörfer und Weiler der Mearns. Dort, in der Stadt, liegt die Möglichkeit einer Utopie, einer Zukunft für die verdrossenen Knechte, die davongejagten Mägde, die verwahrlosten Kinder und die geschundenen Frauen, für all die, die an Bitterkeit und Unweigerlichkeit des *trauchle* zugrundegehen würden, und als deren Fürsprecher sich James Leslie Mitchell sah.

Esther Kinsky, Januar 2016

JAMES LESLIE MITCHELL

BIOGRAFIEN

James Leslie Mitchell (1901–1935) wurde in der Nähe von Auchterless, Kincardineshire in Schottland als Sohn eines Kätners geboren. Schon im Alter von sechzehn Jahren verließ er die höhere Schule und arbeitete als Journalist für Zeitungen in Aberdeenshire und Glasgow. Gleichzeitig beteiligte er sich schon damals an der Gründung des Aberdeener Sowjets, der sich in Anlehnung an die Russische Revolution bildete. Nach dem Verlust seiner Arbeitsstelle ging er zuerst nach Glasgow, trat jedoch kurz darauf in die Armee ein. Als kleiner Verwaltungsangestellter bei den Militärbehörden war er im Nahen Osten, Indien und Ägypten stationiert. In dieser Zeit begann er, Kurzgeschichten, Romane und Bücher über Entdeckungen und Entdecker zu schreiben. Nach der Entlassung aus der Armee 1929 ließ er sich als freiberuflicher Autor in Welwyn Garden City, dem zweiten »Gartenstadtprojekt« Englands, nieder und engagierte sich publizistisch in der politischen Linken. Er veröffentlichte, teilweise auch unter seinem Pseudonym Lewis Grassic Gibbon, bis zu seinem Tod 1935 zahlreiche Artikel und Bücher, darunter der Roman »Sunset Song«, der ihn über die Grenzen Schottlands hinaus berühmt machte.

Esther Kinsky arbeitet seit 1986 als Übersetzerin polnischer, russischer und englischsprachiger Literatur, z. B. von Miron Bialoszewski, Magdalena Tulli, Joanna Bator, Aleksander Wat, Henry D. Thoreau und John Clare. Für ihre Übersetzungen wurde sie u. a. 2009 mit dem Paul-Celan-Preis und 2011 mit dem Karl-Dedecius-Preis ausgezeichnet. Sie lebt als Schriftstellerin in Berlin. Ihre Romane (zuletzt 2014 »Am Fluß«), Gedicht- und Essaybände sind ebenfalls mehrfach ausgezeichnet worden. Ihr jüngstes Buch ist gemeinsam mit Martin Chalmers »Karadag Oktober 13«, eine Erkundung der Halbinsel Krim.

INHALT

SZENEN AUS SCHOTTLAND

ANHANG

Titel der Originalausgabe:
Scottish Scene or the Intelligent Man's Guide to Albyn
(Aus: »Smeddum, A Lewis Grassic Gibbon Anthology«,
Canongate Classics, Edinburgh 2001)

 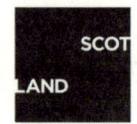

Die Übersetzung dieses Buches
wurde freundlicherweise gefördert
von Creative Scotland

Zweite Auflage Berlin 2017

© 2016 Guggolz Verlag, Berlin

Guggolz Verlag
Gustav-Müller-Straße 46, 10829 Berlin
verlag@guggolz-verlag.de
Druck & Bindung: Friedrich Pustet, Regensburg
Umschlag: Mirko Merkel und Daniel Wagner
Landkarte: Mirko Merkel
Foto James Leslie Mitchell: Archiv des Verlages
Volk und Welt in der Akademie der Künste Berlin
Kapitelillustrationen: Valeria Gordeew
ISBN 978-3-945370-06-3

www.guggolz-verlag.de